KiWi 469

Über das Buch

Ein hinreißender Slapstick: Wallace Ritchie bekommt zu seinem 29sten Geburtstag eine Eintrittskarte für das »Theater im Leben« geschenkt, dessen Aufführungen nicht im Schauspielhaus, sondern mitten im wahren Leben stattfinden. Das Theater bestellt den Karteninhaber telefonisch an einen Ort, wo er, umgeben von Schauspielern, die wie »normale« Menschen agieren, in die verrücktesten Szenen hineingezogen wird.

Wallace wird zu einem Haus in London geschickt. Eine abenteuerliche Komödie beginnt: Völlig unbesorgt mimt Wallace, normalerweise eher schüchtern, den ultracoolen Auftragskiller und spielt mit seiner aufgesetzten Kaltschnäuzigkeit den britischen Secret Service, das KGB und einen englischen Minister an die Wand. Er befühlt die angeblich mit Ketchup beschmierten Leichen und erzählt selbst im Angesicht von Gewehrmündungen noch die besten Witze, was besonders das Callgirl Rachel schwer beeindruckt. Daß seine »Mitspieler« allerdings sehr real sind und er aus Versehen in eine echte Mordintrige geraten ist, kann Wallace ja nicht ahnen. Die anderen fangen schon an, an ihrem Verstand zu zweifeln, denn einen dermaßen abgebrühten und witzigen Killer hat die Welt noch nicht gesehen ...

Über den Autor

Nachdem er bereits einige Theaterstücke geschrieben hatte, stieg Robert Farrar als Sänger, Regisseur von Pop-Videos und Inhaber eines Plattenlabels in die Musikbranche ein. Heute verfaßt er für Funk und Fernsehen, vor allem für die BBC, Drehbücher und Sketche. Sein erster Roman ist in England unter dem Titel »State of Independence« erschienen. Als Farrar einem befreundeten Produzenten seine Fabel »Der coolste Killer« zeigte, griff dieser sofort zu. Robert Farrar adaptierte sein Skript für die Leinwand, und es wurde unter der Regie von Jon Amiel (»Somersby« etc.) für Warner Brothers verfilmt. Die Rolle des Wallace Ritchie wird im Kinofilm von Bill Murray gespielt.

Der coolste Killer

Eine Fabel
von
Robert Farrar

Aus dem Englischen von Jürgen Bürger

Kiepenheuer & Witsch

1. Auflage 1997

Aus dem Englischen von Jürgen Bürger

Umschlaggestaltung: Philipp Starke, Hamburg
Umschlagmotive: ZEFA/Hulton Getty/Tony Stone/G + J, Photonica
Satz: Jung Satzcentrum, Lahnau
Druck und Bindearbeiten: Clausen & Bosse, Leck
ISBN 3-462-02673-9

»Nimm dich in acht vor diesem Mann –
Er redet wie ein Volltrottel,
aber fressen könnte er dich mit Haut und Haaren . . .«

KAPITEL EINS

In diesem Jahr fiel Wallace Ritchies Geburtstag auf einen Montag, aber er war eher in Montagslaune als in Geburtstagsstimmung. Morgens brauchte er seine Zeit: Zeit, um einen klaren Kopf zu bekommen und aufzutauchen. Wenn er bis auf den letzten Drücker wartete und versuchte, Hals über Kopf zur Arbeit zu stürmen, endete es fast zwangsläufig in einer Katastrophe. Er rannte gegen alles mögliche, vergaß die Namen von Leuten, verschüttete Tee. Also ging er den Tag stets ruhig und gelassen an – machte sich eine Schale mit kleingeschnittenem Obst und Joghurt (selbst angesetzt) und schaute dabei hin und wieder ein wenig Frühstücksfernsehen. So konnte sein Verstand gemächlich auf Touren kommen, und sein Körper hatte ausreichend Zeit, sich an die aufrechte Haltung zu gewöhnen, die, wie wir alle wissen, von zentraler Bedeutung ist für die Definition des *homo sapiens*.

Heute jedoch gab es einen Beitrag in der Sendung, bei dem sein Verstand ernsthafte Schwierigkeiten hatte, auf Touren zu kommen, ja, genaugenommen schien er überhaupt nicht in Gang zu kommen. Anscheinend war irgendein Schauspieler verhaftet worden, weil er in der Öffentlichkeit eine Polizeiuniform getragen hatte. Bei der Gerichtsverhandlung hatte er angegeben, er arbeite für ein merkwürdiges neues Ensemble namens *Theater im Leben*, dessen Inszenierungen, sofern dies überhaupt das richtige Wort war, auf der Straße, in der U-Bahn und in Privathäusern stattfanden – tatsächlich überall, nur eben nicht in einem Theater.

Der Moderator der Sendung hatte daraufhin die Gründerin dieses seltsamen neuen Ensembles ins Studio eingeladen, um mit ihr über ihre innovativen Inszenierungen zu plaudern. Sie war eine intelligente junge Frau mit kurzem blonden Haar und einem grünen Overall, die ziemlich schnell und ausgesprochen enthusiastisch über ihr neues Entertainmentkonzept sprach. Wallace stellte den Fernseher etwas leiser, als er das Schreckgespenst Kopfschmerzen als deutlich erkennbare Möglichkeit am Horizont lauern sah.

»Das Theater im Leben«, sagte die junge Frau, »holt das Drama aus der relativen Sicherheit des Theaters *heraus* und bringt es auf die Straße, wo es natürlich erheblich aufregender ist. Aber wir sprechen hier nicht von Straßentheater. Das gab es alles schon. Wir bieten eine nagelneue Form des Entertainments mit umfassender Interaktion zwischen Schauspielern und Publikum. Sie kaufen sich Ihre Eintrittskarte, Sie gehen auf die Straße, und Sie sind mittendrin, es berührt Sie auf einer ganz persönlichen und unmittelbaren Ebene. Obendrein haben Sie keinerlei Möglichkeit vorherzusehen, was geschehen wird, denn wir ändern ständig unsere Manuskripte.«

»Das heißt also«, hakte der Moderator nach, »wenn man sich auf eine Vorstellung beim Theater im Leben einläßt, wird erwartet, daß man selbst *agiert*? Ich dachte, das wäre die Aufgabe der Schauspieler!«

»Nun, vielleicht ist *agieren* das falsche Wort«, antwortete die Frau. »Es wird natürlich erwartet, daß Sie *reagieren*, aber das macht man ja praktisch zwangsläufig. Dazu ist keinerlei besondere Kunstfertigkeit erforderlich. Das Theater im Leben ist für jedermann!«

An diesem Punkt schaltete Wallace den Ton ganz ab. Wenn es eines gab, worauf er um sieben Uhr morgens an einem Montag verzichten konnte, dann ganz bestimmt auf dynamische neue Konzepte des Modernen Theaters. Genau in diesem Augenblick kam die Post.

Das war's dann schon eher! Geburtstagsgrüße! Schon bald lag auf seinem Küchentisch ein Meer flotter Grußkarten. Auf einigen waren sogar nackte Frauen abgebildet. Seine Großmutter hatte einen Scheck in den Umschlag gelegt. Mit der Karte von seinem Bruder erhielt er ein Ticket für eine Vorstellung des Theaters im Leben.

Wallace Ritchie, gutaussehend, clever und karrierebewußt, zählte zweifellos zu den glücklicheren Menschen auf Gottes Erde. Mit achtundzwanzig fuhr er einen kleinen schwarzen MG und zahlte eine Hypothek auf ein wunderschönes 3-Zimmer-Apartment in South London ab, das er ganz in Schwarz, Weiß und verschiedenen Grautönen eingerichtet hatte. Sein Job in einer Handelsbank mit Büros in einem atemberaubend modernen Komplex in den Docklands ermöglichte diesen bescheidenen Luxus.

Wallace schlief (allein) auf einem Futon (schwarz) und mied auf Anraten seiner Homöopathin Kaffee bereits seit zwei Jahren. Diese vernünftige Maßnahme hatte eine erstaunliche Verbesserung seines Hautbilds bewirkt. Zweimal wöchentlich ging er zum Training in ein gut ausgestattetes Fitneßcenter. Er war modebewußt, aber kein Sklave des letzten Schreis, und nach den turbulenten Jahren seiner Pubertät hatte sich seine Garderobe in einer geschmackvollen Auswahl amerikanischer Klassiker eingependelt – für gewöhnlich in Schwarz mit einem gelegentlichen Ausrutscher in ein ruhiges Dunkelblau. Sein Musikgeschmack war breit gefächert, darauf würde er immer bestehen, auch wenn er in Wahrheit seine jugendliche Vernarrtheit in Siouxsie Sioux von den Banshees nie ganz überwunden hatte – und dies trotz des Versuchs, die Erinnerung an sie zu verdecken, indem er auf seinem schicken mattschwarzen Player Eurythmics-CDs in Lautstärken spielte, die er für fast unanständig hielt. Er war allergisch gegen Katzen und konnte Wolle nicht direkt auf der Haut tragen, was auf eine erhöhte Empfindlichkeit gegenüber taktilen Reizen zurückzuführen war.

Außerdem war er recht schüchtern, und genau dies war auch der Grund für seine anfangs absolut ablehnende Haltung gegenüber der Vorstellung einer Geburtstagsfeier. Auch wenn er in der Schule bei Spielen immer kräftig mitgemischt hatte, hatte er doch irgendwie nie so richtig beim Rumalbern und Witzeerzählen mitmachen können. Seine Schulkameraden waren bald dahintergekommen, daß er es nie mitkriegte, wann er auf den Arm genommen wurde, und die zahlreichen Streiche, die ihm gespielt wurden, hatten schließlich zur Folge, daß er mit der unterbewußt nagenden Angst durchs Leben lief, ihm könne jeden Augenblick der Teppich unter den Füßen weggezogen werden; und dies wiederum machte es ihm fast unmöglich, entspannt und locker zu sein.

Wenn die ganze Welt eine Bühne ist, so hatte Wallace bereits recht früh im Leben beschlossen, sich vorzugsweise in den Kulissen aufzuhalten und beharrlich allen Versuchen zu widerstehen, die womöglich unternommen wurden, ihn ins Rampenlicht zu zerren.

Wallace starrte das Ticket einen Moment an und fragte sich, ob er nicht vielleicht beim Frühstück eingeschlafen und durch den einlullenden Effekt des Frühstücksfernsehens ins Traumland zurückgelockt worden war.

Als ihm dann aber klar wurde, daß er nur zu wach war, stürzte er sich auf den Lautstärkeregler des Fernsehers. Aber zu spät. Die Theaterfrau war weg, jetzt diskutierte nur noch eine Gruppe besorgter Mütter über Rottweiler.

An diesem Tag mußte er im Büro immer wieder das

Ticket aus der Tasche ziehen, um sich zu vergewissern, daß es auch wirklich da war. Wenn er der Frau doch nur besser zugehört hätte! Eigentlich konnte er sich nur noch erinnern, daß sie irgendwas von *Interaktion zwischen Schauspielern und Publikum* erwähnt hatte. Das ließ nichts Gutes ahnen und klang überhaupt nicht nach seinem Geschmack.

Auch das Ticket selbst gab nicht besonders viel her:

THEATER IM LEBEN
Gültig für eine Person

stand da; und dann, darunter, in kleineren Buchstaben:

Das Nonplusultra der Unterhaltung.

Ganz unten schließlich der lakonische Befehl:

Rufen Sie diese Nummer an: 968 1412

Als die Mittagspause näherrückte, spukten ihm zusammenhanglose Bruchstücke aus dem Interview mit der Frau im Fernsehen durch den Kopf. Hatte sie nicht etwas davon gesagt, daß einen diese Sache *auf einer ganz persönlichen und unmittelbaren Ebene* berührte? Mein Gott, ja, das hatte sie gesagt! Nicht mit ihm! In tausend Jahren nicht!

Er versuchte, seine Arbeitskollegen auszuhorchen, aber ohne großen Erfolg. Nein, keiner von ihnen hatte schon mal was vom Theater im Leben gehört. Klang für sie ein bißchen wie ein Märchen. War er auch sicher, nicht nur geträumt zu haben? War er sicher, daß ihm nicht jemand einen *Streich* spielen wollte?

Das Ticket verbrachte den restlichen Nachmittag aufrecht gegen den Locher gelehnt auf seinem Schreibtisch, starrte ihn provozierend an und lenkte ihn von der Arbeit ab. Er würde mit seinem Bruder sprechen müssen. Er konnte nur hoffen, daß das Ticket nicht teuer gewesen war, denn nie im Leben würde er es einlösen. Nie im Leben würde er sich auf Gedeih und Verderb einer Bande bekloppter Schauspieler ausliefern, die wahrscheinlich auch noch meinten, sie besäßen eine Blankovollmacht, ihn auf tausendundeine künstlerische und intellektuell stimulierende Weise zu demütigen. Nein, nein und nochmals nein!

Nach der Arbeit parkte er seinen schicken schwarzen MG und ging die steinernen Stufen hinauf, die zu seiner Wohnung führten. Vor seiner Tür erstarrte er. Irgendwas stimmte nicht. Die Tür stand einen Spaltbreit offen.

Irrwitzige Bilder von Schauspielern, die maskierte Mörder mimten (oder maskierte Mörder, die als Schauspieler auftraten) und mit Maschinenpistolen in seinem Wohnzimmer lauerten, schossen ihm durch den Kopf, während er mit spitzen Fingern die Tür aufdrückte und durch den Flur schlich. Alles war still, aber er war sicher, daß er nicht allein war.

Er öffnete die Wohnzimmertür und tastete nach dem Lichtschalter, schrie dann erschrocken auf, als er in der pechschwarzen Finsternis einer feuchten, menschlichen Hand begegnete.

Einen Augenblick später war der Raum lichtüberflutet, der CD-Player schmetterte los, und zwanzig Leute mit Gummimonstermasken und Partyhüten bliesen Partytrompeten und warfen Luftschlangen.

Eine Überraschungsparty! Es war nicht das erste Mal.

»Happy Birthday!« riefen alle wie aus einem Mund, all seine Freunde, sein Bruder und seine Schwester und auch seine kleine Nichte. Jemand brachte einen Geburtstagskuchen herein, und er mußte die Kerzen auspusten. Ein anderer entkorkte eine Flasche Champagner und drückte ihm ein Glas in die Hand. Alles in allem war es kein so schlechtes Gefühl, neunundzwanzig zu werden.

»Wie seid ihr reingekommen?« fragte Wallace kläglich und konnte seine Neugier nicht unterdrücken, obwohl er bestimmt nicht wie ein Partymuffel klingen wollte.

»Ich hab immer noch meinen Schlüssel vom letzten Jahr, weißt du nicht mehr?« sagte sein Bruder.

Wallace nutzte die Gelegenheit, um seinen Bruder beiseite zu nehmen und das Thema Theaterticket anzuschneiden.

»Ich will nichts davon hören!« sagte sein Bruder. »Für dieses Ticket hab ich fünfzig Mäuse geblecht! Du gehst, und wenn ich dich *hinschleifen* muß! Ich will erst wieder etwas davon hören, wenn du zurückkommst und mir erzählst, was alles passiert ist.«

»Aber, Jim, das ist einfach nichts für mich«, jammerte Wallace. »Ich meine, was ist das überhaupt? Weißt du irgendwas darüber?«

»Nicht viel«, sagte sein Bruder. »Aber ein Freund auf der Arbeit hat's gemacht, und er meinte, es sei wirklich erstaunlich.«

»Was ist passiert?«

»Er ist in einen Ehekrach hineingeraten. Ist einem Burschen begegnet, der seine Frau verdroschen hat. Anscheinend war das Make-up, selbst aus der Nähe, verdammt echt. Sie hatten Theaterblut und alles. Also fühlte sich mein Freund natürlich verpflichtet einzugreifen. Da bekam er es natürlich mit dem Ehemann zu tun. Ist das nicht super?«

»Wird man etwa auch geschlagen und so weiter?« erkundigte sich Wallace zaghaft und zugleich gegen seinen Willen fasziniert.

»Natürlich schlagen sie einen nicht!« erwiderte sein Bruder mit einem geduldigen Seufzer, als spreche er mit einem Sechsjährigen. »Für was hältst du diese Leute denn?«

»Ich weiß nicht... Ich kann... wirklich nicht...«

»Paß auf«, sagte Wallace' Bruder und schenkte Champagner nach, »wir reden später noch mal drüber, wenn du Gelegenheit hattest, noch ein paar Gläschen zu schlürfen und dich etwas zu entspannen. Okay?«

»Okay.«

»Sieh mal. Da ist Alison. Ist sie nicht hübsch? Du hast es ihr angetan. Na, was meinst du?«

»Ich weiß nicht...«, sagte Wallace.

KAPITEL ZWEI

Im Verlauf der Woche nahm Wallace mehrere Male den Telefonhörer in die Hand und begann die Nummer zu wählen; doch am Freitag hatte er es immer noch nicht geschafft, seine Finger dazu zu bringen, alle sieben Ziffern zu wählen. Er kam bis zur vierten oder fünften, dann brach ihm der kalte Angstschweiß aus, und wie benommen ließ er den Hörer wieder auf die Gabel fallen.

Als sein Bruder das herausfand, kam er zu Wallace' Wohnung und wählte selbst. Es war Freitag, nach der Arbeit.

»Ich gehe nicht«, sagte Wallace, der schmollend auf einem schwarzen Designersessel lümmelte. »Du kannst ruhig wählen, aber ich werde nicht gehen.«

»Und ob du gehst!« sagte sein Bruder. »Ich hab fünfzig Mäuse geblecht, und du *wirst* gehen!«

»Geh du doch!« motzte Wallace.

»Ich hab dir zum letzten Mal ein Geburtstagsgeschenk gekauft«, schimpfte Wallace' Bruder leicht verärgert und fügte leise hinzu: »Himmel, was für ein Meckerkopp!«

Dann reichte er Wallace den Hörer.

»Es klingelt«, sagte er.

»Ich will das nicht!« jammerte Wallace, hielt aber trotzdem den Hörer ans Ohr.

»Guten Abend! Theater im Leben!« sagte eine muntere Frauenstimme. »Dürfte ich bitte Ihren Namen erfahren?«

Wallace war verblüfft. Das war ja überhaupt nicht unheimlich.

»Äh . . . Wallace Ritchie«, nuschelte er.

»Und Ihre Ticketnummer, bitte?« fragte das Mädchen fröhlich.

»Ticketnummer?«

»Sie steht am unteren Rand des Tickets«, sagte sein Bruder.

»Oh!« machte Wallace. »Äh ... 8546.«

»Vielen Dank, Mr. Ritchie«, sagte das Mädchen. »Und jetzt hören Sie mir bitte genau zu. Gehen Sie zum Haus Ladbroke Grove Nummer 154. Genau gegenüber finden Sie eine Telefonzelle. Seien Sie bitte heute abend um fünf vor acht dort. Punkt acht Uhr wird das Telefon klingeln. Gehen Sie ran.«

»Und was mache ich dann?« platzte Wallace heraus, den plötzlich Panik überkam.

»Wir hoffen, Sie genießen das Theater im Leben. Goodbye!«

Und dann war die Leitung tot.

»Was hat sie gesagt?« fragte sein Bruder.

»Sie hat gesagt, ich soll um acht Uhr zur Telefonzelle gegenüber von Ladbroke Grove 154 gehen und abheben, wenn's klingelt«, sagte Wallace leise grollend. »Aber was wäre, wenn ich um acht schon was vorhätte? Was, wenn ich eine Verabredung zum Essen hätte?«

»Wirklich, Wallace, du bist eine unglaubliche Flasche«, sagte sein Bruder. »Ich gehe davon aus, daß du keine Verabredung zum Essen hast, richtig?«

»Also, nein ... aber ...«

»Dann los.«

»Wo gehen wir hin?«

»Ich spendiere dir ein Gläschen in der Portobello Road«, sagte Wallace' Bruder, »und anschließend werde ich dich höchstpersönlich zu dieser Telefonzelle fahren. Du kommst nicht drum herum.«

»Ich weiß wirklich nicht«, sagte Wallace, als sie um zehn vor acht in seinem schicken schwarzen MG vor der Telefonzelle warteten. »Warum machst du's nicht, Jim? Du wärst bestimmt unheimlich gut!«

»Weil es *deine* Geburtstagsüberraschung ist. Und außerdem wird's dir ganz guttun. Ein bißchen Abenteuer. Ich hab dir nicht erzählt, was meinem Freund noch passiert ist, oder? Nachdem er diese Frau vor ihrem Mann gerettet hatte ...«

»Was ist passiert?« fragte Wallace.

»Sie hat ihn verführt!« sagte sein Bruder.

»Nein!« sagte Wallace mit großen Augen. »Was, so richtig? Bis zum Schluß?«

»Also, nein, nicht bis zum Schluß«, erwiderte sein Bruder. »Ich meine, das Mädchen war Schauspielerin, keine Prostituierte ...«

Genau in diesem Augenblick begann das Telefon zu klingeln.

»Dein Anruf!« sagte Wallace' Bruder.

»Bißchen zu früh, was?« meinte Wallace.

»Hör auf zu jammern und geh ran!«

»Geh du doch ran!«

»O mein Gott ...«, stöhnte sein Bruder und ging zur Telefonzelle. Wallace folgte ihm, er konnte seine Neugier nicht bändigen.

Wallace' Bruder nahm den Hörer ab und drückte ihn Wallace in die Hand. Ehe er sich versah, hielt er ihn ans Ohr.

»Spenser?« fragte eine Männerstimme.

Wallace legte verdutzt eine Hand über die Sprechmuschel.

»Er hat mich Spenser genannt!« raunte er.

»Sag einfach ja!« sagte sein Bruder.

Wallace nahm die Hand vom Hörer.

»Äh ... ja ...«

»Sie ist jetzt in Addison Gardens 52, Holland Park. Nehmen Sie die kleine Gasse daneben ...«

»Ein Kuli! Schnell!« raunte Wallace seinem Bruder zu, wobei er wieder die Sprechmuschel zuhielt.

»Die Hintertür ist nicht abgeschlossen«, fuhr die Stimme fort. »Haben Sie das?«

»Äh ... ja!« stotterte er und kritzelte stürmisch auf die Visitenkarte einer Prostituierten, die an der Wand der Telefonzelle klebte. »Addison Gardens 52 ...«

Die Verbindung wurde unterbrochen.

»Hallo ...?« Wallace sah seinen Bruder an. »Warum hat er mich Spenser genannt?«

»Das ist offensichtlich dein Name!« antwortete sein Bruder. »Was hat er gesagt?«

»Er hat gesagt: *Sie ist jetzt in Addison Gardens 52, Holland Park. Nehmen Sie die kleine Gasse daneben. Die Hintertür ist nicht abgeschlossen. Was hat er damit gemeint?*«

»Er hat genau das gemeint, was er gesagt hat«, meinte Wallace' Bruder. »Geh einfach hin. Benutz die Hintertür. Warte ab, was passiert.«

»Aber warum hat er mich Spenser genannt? Was ist, wenn der Anruf für jemand anderen war?«

»Ich bitte dich!« seufzte sein Bruder. »Das hier ist das Theater im Leben. Es ist so was wie ein Theaterstück, richtig? Und du spielst mit. Du bist Spenser. Du brauchst nichts zu wissen, du machst einfach mit. Und dabei mußt du selbst herausfinden, um was es geht. Ganz einfach.«

Wallace guckte ihn beleidigt an und sagte nichts.

»Hör zu«, sagte sein Bruder. »Jemand macht sich eine Menge Mühe, um dich zu *unterhalten*. Sie können alles mögliche veranstalten. Tote, Verfolgungsjagden mit dem

Auto, Schlägereien, was weiß ich nicht alles – aber es muß auf jeden Fall Spaß machen, denn andernfalls können sie den Laden schnell wieder zumachen, richtig?«

»Warum kommst du nicht mit?« fragte Wallace.

Sein Bruder stieß einen langen, verzweifelten Seufzer aus.

»Weil ich nur ein Ticket gekauft hab!« erwiderte er und gab sich die größte Mühe, geduldig zu bleiben. »Weil es mich fünfzig Mäuse gekostet hat. Und weil du neunundzwanzig bist, und wenn du das nicht geregelt kriegst, dann bist du eine absolute Vollflasche.«

»Okay! Okay! Ich geh ja!« sagte Wallace. »Okay?«

»Ab mit dir!« sagte sein Bruder.

»Okay!« sagte Wallace leicht verärgert. »Ab mit mir!«

Und er stieg wieder in seinen Wagen.

»Soll ich dich irgendwo absetzen?«

»Zisch einfach ab!« sagte sein Bruder. »Bevor du es dir noch anders überlegst.«

Als Wallace losfuhr und sein Bruder die Straße überquerte, um zur nächsten U-Bahnstation zu gehen, schlug eine Kirchturmuhr in der Nähe acht.

Das Telefon in der Zelle klingelte wieder.

Ein schwarz gekleideter Mann mit pockennarbigem Gesicht und Sonnenbrille trat in die Zelle und nahm den Hörer ab.

»Hallo, Mr. Ritchie?« fragte eine Stimme.

»Wer zum Henker ist da?« knurrte der Mann.

»Das Theater im Leben!« antwortete die Stimme.

»Verdammt, gehen Sie endlich aus der Leitung«, fauchte der Mann und knallte den Hörer auf.

Dann warf er einen Blick auf seine Uhr. Es war eine Minute nach acht.

Er klopfte nervös auf die Uhr, schaute sich um und wartete. Dann bemerkte er eine handschriftliche Notiz, die jemand auf die an die Wand der Zelle geklebte Karte einer Prostituierten gekritzelt hatte:

»Spenser. Addison Gardens 52.«

KAPITEL DREI

Als Wallace seinen Wagen in einer kleinen Seitenstraße abstellte, überschlugen sich seine Gedanken, und sein Puls raste. Wer würde diese Frau sein? Wurde von ihm erwartet, daß er witzig, aufgeweckt und voller kleiner Improvisationsideen war? Sicher nicht. Bestimmt würde sie die Hauptarbeit erledigen. Er betete, daß sie sich nicht ganz auszog oder etwas in dieser Richtung. Er würde sterben vor Verlegenheit. Andererseits, bei diesen Theaterleuten konnte man nie wissen. Sie brachten einen manchmal gern in Verlegenheit, oder? Er hatte schreckliche Geschichten von den Dingen gehört, die sich im Rahmen des Edinburgh Festivals abspielten.

Er fand die Hausnummer, die er suchte, und tatsächlich war da auch eine kleine, dunkle Gasse neben dem Haus. Wallace' Herz hämmerte wie verrückt. Konnte er diese finstere Gasse hinuntergehen? Konnte er? Es kam ihm ziemlich absurd vor, jetzt noch kehrtzumachen. Und was würde er dann seinem Bruder sagen?

Er fing gerade an, sich einen frei erfundenen Bericht dessen zurechtzulegen, was in diesem Haus passiert war, um seinen Bruder zufriedenzustellen, als ihm die Entscheidung, ob er nun mit dieser ganzen Theater-im-Leben-Geschichte weitermachen sollte oder nicht, offensichtlich aus der Hand genommen wurde.

»Hast du was Kleingeld über, Chef?« fragte eine Stimme hinter ihm.

Wallace wirbelte erschrocken herum. Hinter ihm stand ein junger Mann mit Verzweiflung in den Augen.

Wallace schluckte. »Oh – äh – nein . . . tut mir leid . . . ich – Ich hab kein Bargeld dabei . . .« , stammelte er.

»Affenscheiße«, sagte der junge Mann und zückte ein Messer.

Wallace wirbelte erneut herum, wollte seine Fluchtaussichten abschätzen, mußte aber feststellen, daß ein weiterer, ähnlich bewaffneter junger Mann aus den Schatten gesprungen war und ihm nun den Weg versperrte.

Einen Sekundenbruchteil vergaß Wallace die Geschichte mit seinem Geburtstagsgeschenk, während eiskaltes Adrenalin seinen Körper durchspülte und er sich fieberhaft fragte, ob er wohl noch mal lebend aus dieser dunklen kleinen Gasse herauskommen würde. Doch nur eine Sekunde später überkam ihn das warme Gefühl der Erleichterung. Wie dumm er war! Dies war natürlich Theater im Leben! Genau darum ging's doch! Aber er war glatt drauf reingefallen.

»Mach schon, Yuppie-Bastard!« zischte der junge Mann und schob das Messer in Wallace' hübsches anthrazitgraues Jackett. »Schieb pronto was Kohle rüber, sonst schnitz ich dir 'ne neue Visage!«

Wallace war begeistert. Wunderschönster Slang! Alles so realistisch.

»Oh, ich mach alles! Alles!« schrie er und legte sich mächtig ins Zeug. »Sie können mein Geld haben – hier! – nehmen Sie's! Aber ich flehe Sie an: Tun Sie mir nichts! Verschonen Sie mein Leben! Ich habe Frau und Kinder! Was sollten sie ohne mich anfangen?«

Und er bot seinem Angreifer seine prall gefüllte Brieftasche an. Leicht unkoordiniert streckte der Schläger vorsichtig die Hand aus und riß sie an sich.

»Wieviel ist da drin?« fragte der andere.

»Zehn . . . zwanzig . . . dreißig . . . dreißig Mäuse!« sagte der erste. »Los, rück deine Kreditkarten raus!«

»Oh – ja – natürlich!« sagte Wallace, wobei er sich Mühe gab, zu stammeln und verängstigt zu klingen. »Hier sind sie! Die Visa ist bis zum Limit ausgereizt, aber die Access ist noch für ein paar Hundert gut.«

An dieser Stelle konnte er sich ein kleines, unterdrücktes Prusten nicht verkneifen.

»Willst du uns verarschen, Schwuchtel?« knurrte der junge Straßenräuber. Er hatte wirklich einen gemeinen Gesichtsausdruck.

»Nein! Nein!« sagte Wallace. »Nur... ein kleiner Katarrh... das ist alles...«

Der junge Mann warf ihm einen unverhohlen haßerfüllten Blick zu und drückte die Messerspitze gegen Wallace' Bauch.

»Soll ich ihn abstechen?« fragte er seinen Kollegen.

»Lohnt sich nicht«, meinte der andere. »Der Typ ist voll bekloppt.«

Und sie verschwanden in der Nacht.

Wallace war sprachlos. *Das* war Nervenkitzel! *Das* war Unterhaltung! In seinem ganzen Leben hatte er noch nie einen solchen Adrenalinstoß erhalten!

»Ich bin überfallen worden! Ich bin überfallen worden!« frohlockte er immer wieder, während er mit merkbar federnden Schritten die Gasse hinunterging. »Ich faß es nicht! Ich bin überfallen worden!«

Am liebsten hätte er es laut herausgebrüllt! Es der ganzen Welt gesagt! Einen Freudentanz aufgeführt!

Es war das beste Gefühl der Welt!

Er nahm an, daß man seine Brieftasche nach der Vorstellung zurückbekam.

Nachdem er es so genossen hatte, überfallen worden zu sein, hatte Wallace ein erheblich weniger beklommenes Gefühl, was seine Verabredung in Addison Gardens 52 betraf. Es war, als hätte er sich stundenlang am Rand des Pools herumgedrückt aus Angst, das Wasser könnte zu kalt sein; nachdem er jetzt aber den Sprung gewagt hatte und wußte, daß es wunderbar war, wenn man erst einmal drin war, wollte er am liebsten für immer und alle Zeiten im Pool bleiben.

Wie der Mann gesagt hatte, war die Hintertür nicht verschlossen. Er drückte sie vorsichtig auf, trat ein und hielt die Luft an. Wurde er erwartet? Sollte er so was wie ein Einbrecher sein? Und wer genau war diese Frau, die hier lebte? Hiernach würde jeder Kinobesuch kalter Kaffee sein!

Er stand in einer kleinen, aber teuer eingerichteten Küche. Es war ein Kutscherhaus, erkannte er jetzt, das wahrscheinlich irgendwann in den fünfziger oder sechziger Jahren entkernt und neu aufgebaut worden war. Aus der Küche schaute man in eine offene, zentrale Wohnhalle, die Eingangsdiele, Arbeits- und Eßbereich umfaßte und mit locker um einen Couchtisch gruppierten Sofas und Sesseln möbliert war. Den Blickfang bildete ein offener Kamin. Die Treppe führte direkt in die Mitte des Wohnbereichs, so daß man von allen Seiten um sie herumgehen konnte. Dadurch war das Erdgeschoß mit einem einzigen Blick zu überschauen, und es war leer.

Doch zweifellos war jemand zu Hause. Im ganzen Haus brannte Licht. Wallace spitzte konzentriert die Ohren. Schritte erklangen auf den Dielen über ihm.

»O nein!« dachte er. »Sie ist im Schlafzimmer! Sie wird mich in Verlegenheit bringen. Ich wußte es!«

Aber in Wahrheit wiederholte er diese Beteuerungen nur noch mechanisch. Sie waren nur ein bedeutungsloses Überbleibsel des alten Wallace Ritchie, des Wallace Ritchie, der vor fünf Minuten während des berauschenden Überfalls draußen in der Gasse gestorben war. Der neue

Wallace war bereit für Action – bereit für alles! – ja, fuhr sogar voll drauf ab!

Er kramte in seiner Jackentasche, nahm seine schwarze Ray Ban heraus und setzte sie auf. Dann ging er zu einem Wandspiegel und kontrollierte sein Aussehen. Ja, er sah haargenau so aus wie der *Geheimnisvolle Dritte*.

Die Treppe knarrte unter seinen Schritten. Instinktiv blieb er stehen. Doch dann überlegte er es sich anders. Spielte es eine Rolle? Spielte es eine Rolle, wenn sie ihn kommen hörte? Sie war doch diejenige, die dieses Drama erschaffen sollte, nicht er. Wenn sie ihn kommen hörte, dann würde sie das eben einfach in ihr Skript einbauen müssen. Der Gedanke verlieh ihm ein ungeheures Gefühl der Freiheit.

Er drückte eine der Schlafzimmertüren auf und landete sofort einen Volltreffer.

Mein Gott, sie war eine richtige Schönheit!

Er wollte sie schon fragen, wieso zum Teufel sie für irgend so ein lausiges progressives Theaterensemble arbeitete, konnte sich aber noch bremsen. Es hatte überhaupt keinen Sinn, sich aus etwas herauszukatapultieren, das sich zu einer sagenhaften Vorstellung entwickeln könnte, sagte er sich.

Sie saß in einem schwarzen Negligé an ihrer Frisierkommode und schminkte ihre phantastischen Lippen melodramatisch mit zartrosa Lippenstift. Teure Schuhe, Haute-Couture-Modellkleider, Pelzmäntel und Rock-'n'-Roll-Platten lagen über den Boden verstreut. Das Bett war zerwühlt.

Wallace hatte keine Ahnung, wie er anfangen sollte. Höflich räusperte er sich.

Sie drehte sich zu ihm um und schnappte überrascht nach Luft. In ihren großen braunen Augen schimmerte eine Mischung aus Angst und Verärgerung.

»Da bist du also. Endlich«, sagte sie. Dann drehte sie sich wieder zum Spiegel. »Ich wußte, du würdest kommen.«

»Ja«, sagte Wallace. Zu dem Zeitpunkt war sein Mund so trocken, daß seine Antwort beinahe nur als Flüstern herauskam, was ihn jedoch tatsächlich ziemlich tough klingen ließ.

»Wirst du mich einfach umbringen«, fragte sie, ohne ihn anzusehen, »oder vergewaltigst du mich vorher noch?«

Wallace begann zu schwitzen. Das war mal ein heißes Skript! Er fragte sich, ob sein Bruder wohl hatte bestätigen müssen, daß er über achtzehn war, bevor man ihm das Ticket verkaufte.

»Ich ... äh ... weiß noch nicht«, erwiderte er, bekam einen knallroten Kopf und starrte auf seine Schuhe.

»Elenor hat mir von dir erzählt«, sagte die Frau. »Sie hat gesagt, du kriegst nur noch einen hoch, wenn du ein Mädchen vergewaltigst.«

»Das hat sie gesagt?« fragte Wallace. »Tja, ich finde, das ist ein *bißchen* übertrieben.«

Die Frau drehte sich auf ihrem Boudoirstuhl ganz um und sah ihn unverfroren an.

»Sie hat gesagt, du vögelst wie ein Tier.«

Wallace' Kopf nahm einen noch tieferen Rotton an. Das war zuviel! Er schaffte es so gerade noch, ein aufsteigendes Kichern zu unterdrücken.

»Also ...«, erwiderte er und versuchte, nicht zu grinsen. »Ich nehme an, das könnte man so sagen ... Manchmal ...«

»Nimm die Brille ab«, sagte sie. »Ich will deine Augen sehen.«

»Okay«, sagte Wallace und nahm sie ab.

Die Frau stand auf und durchquerte den Raum. Himmel, durch die schwarze Spitze konnte er ihre Brüste sehen!

»Du siehst gar nicht schlecht aus... für einen Killer«, sagte sie und ließ einen Finger sein Jackett hinabgleiten. »Ich habe mich schon oft gefragt, wie der Tod wohl aussieht, aber nie hätte ich gedacht, daß er attraktiv... höflich... gutgekleidet... wäre.«

»Oh... danke«, sagte Wallace lahm.

»Aber ich wußte, daß du Schwarz tragen würdest«, fuhr sie fort. »Elenor hat mir das erzählt.«

»Ja, also... Schwarz paßt zu allem gut, oder?« erwiderte er. Dann wurde ihm klar, daß das nicht besonders tough war. Andererseits hatte er aber auch keine Zeit gehabt, für das hier zu proben; *sie* schon.

Dann schmiegte sie sich plötzlich an ihn! Drückte sich an ihn! Bebte unter unkontrollierbaren Schluchzern! Wallace wußte nicht, wohin er schauen sollte.

»O Spenser, laß mich am Leben!« schluchzte sie. »Laß mich einfach leben! Ich mache auch alles, was du von mir verlangst! Nur bring mich nicht um! Ich will noch nicht sterben! Ich wollte nie was damit zu tun haben! Ich habe nichts getan, womit ich das verdient hätte! Hab Erbarmen!«

»Erbarmen, sagst du?« sagte Wallace (der, während sie diesen Schwall losließ, sich selbst einen kleinen Spruch zurechtgelegt hatte). »Okay – nehmen wir mal an, ich lasse dich leben – aus reiner Nächstenliebe. Was springt dabei für mich raus?«

Er hatte eine grobe Vorstellung davon, wie das Skript nach dieser Einlage weiterging. Immerhin kann man nicht zu kleinlich sein, wenn man improvisiert, oder?

Sie schaute zu ihm auf, mit diesen jetzt durch ihre Tränen (echte Tränen!) abgeschminkten sagenhaften Augen, senkte dann wieder den Blick und ließ ihn los.

»Ich nehme an, man hat dir gesagt, daß ich eine Prostituierte bin. Daß ich's für Geld tue. Tja, vielleicht sollte ich.

Schlimmer dran als jetzt wär ich auch nicht. Aber ich bin keine Nutte.«

»Könntest du dieses eine Mal vielleicht eine Ausnahme machen?« frotzelte Wallace hocherfreut darüber, wie rasch er inzwischen auf die Gags einstieg.

»O quäl mich nicht so!« heulte sie und fiel wieder in seine Arme. »Du weißt, daß ich in deiner Gewalt bin!«

Und dann küßte sie ihn, fest, auf die Lippen!

Wallace hielt seinen Mund höflich geschlossen, war aber doch ein wenig schockiert, ihre Hände seinen Rücken hinabgleiten und auf seinem Po zu spüren. Hatte dieses Ticket wirklich nur fünfzig Pfund gekostet?

Ihr Gewicht zwang ihn, einen Schritt zurückzutreten, und er spürte, wie er mit einem Nachttisch kollidierte. Dann hörte er ein lautes *Ponggg!*, als ein schwerer Gegenstand hinter ihm auf den Boden fiel. Er blickte nach unten und sah, daß es eine Kanone war.

Sie stieß ihn zurück und versuchte, an die Waffe zu kommen. Wallace, immer noch ein wenig aus dem Gleichgewicht, stellte fest, daß er jetzt, ziemlich zufällig, auf der Kanone stand, so daß sie sie nicht mehr aufheben konnte.

Einen Augenblick später hatte er den pikanten Charakter der Situation erkannt. Die Kanone war der Grund für den Kuß gewesen! Und er hatte ihren teuflischen Plan mühelos zunichte gemacht!

»Nicht so schnell!« wieherte er. »Zurück an die Wand! Das hier nehme ich an mich, wenn du nichts dagegen hast!«

Sie gehorchte, er hob die Kanone auf und richtete sie auf sie, ganz außer sich vor Vergnügen. Jetzt hatte er die Sache aber echt voll im Griff!

»Du hast wohl gedacht, du könntest mich mit deinen Tränen um den Finger wickeln, häh?« bellte er und versuchte sich an einem grausamen Lachen. »Hah! So leicht kriegt man Butcher Spenser nicht rum, das kann ich dir flüstern! Bete, Lady! Und sieh dir Mutter Erde noch mal gut an! Denn es ist das letzte, was du von ihr sehen wirst!«

Und er krümmte langsam den Finger um den Abzug.

»Nein! Hör mir zu!« flehte sie. »Laß mich leben, und ich mache dich reicher, als du je zu träumen gewagt hast!«

Wallace hielt inne und dachte nach. Wenn er jetzt schoß, überlegte er, würde sie einfach auf dem Boden zusammenbrechen und eine Kapsel mit Tomatenketchup zerdrücken. Und das dürfte dann ziemlich sicher das letzte gewesen sein, was er für die Dauer der Vorstellung von ihr zu sehen bekam. Es sei denn, sie kam als jemand anderes zurück. Das wiederum schien völlig unwahrscheinlich zu sein – diese Leute mochten es offensichtlich gern absolut realistisch.

Die schlichte Wahrheit war: diese hinreißende junge Schauspielerin hatte es ihm inzwischen ziemlich angetan (er konnte immer noch nicht ganz glauben, daß sie nur Schauspielerin sein sollte – sie hätte eigentlich die Geliebte eines Botschafters oder so sein müssen), und es widerstrebte ihm sehr, sie schon bald nicht mehr zu sehen.

Also steckte er die Kanone in die Innentasche seiner Jacke und sagte einfach: »Okay. Was machen wir jetzt?«

KAPITEL VIER

Genau in diesem Augenblick hörten sie, wie jemand das Haus betrat.

Die Frau warf einen Blick aus dem Fenster auf die Straße.

»Das ist Gilbert. Das ist sein Wagen«, sagte sie.

»Wer ist Gilbert?« fragte Wallace ganz begeistert von der Aussicht, daß nun eine dritte Figur ins Spiel kommen sollte.

»Ach, komm mir nicht damit!« zischte sie. »Ich weiß doch, daß er dich engagiert hat, um mich umzulegen. Schaff einfach Rachel aus dem Weg, und alles ist bestens. Als wär nie irgendwas passiert. Wieviel hat er dir bezahlt?«

Wallace schlich auf Zehenspitzen zur Schlafzimmertür und linste nach unten in den Wohnbereich. Ein etwa fünfzigjähriger Mann mit beginnender Glatze, tadellos gekleidet, durchsuchte die Schubladen des Schreibtischs. Er wirkte mehr als nur leicht nervös.

Wallace konnte nicht widerstehen. Auf Zehenspitzen schlich er sich auf den Treppenabsatz, um besser sehen zu können. Eine Diele knarrte.

Der Mann richtete sich auf und versuchte zu orten, wo Wallace war.

»Wer ist da?« fragte der Mann ängstlich.

Wallace setzte seine Ray Ban wieder auf.

»Ich bin's, Spenser«, sagte er, trat weiter hinaus und blickte über das Geländer zu dem Mann hinunter.

Der Mann wirbelte herum.

»Suchst du was?« fragte Wallace.

»Wer sind Sie, und wie sind Sie hier reingekommen?« fragte der Mann. Wallace bemerkte, daß er in seinem Saville-Row-Hemd schwitzte.

»Ach, komm mir doch nicht so!« schnauzte er zurück. »Du hast mich doch engagiert, damit ich sie umlege. Schaff einfach Rachel aus dem Weg, und alles ist bestens. Als wär nie irgendwas passiert.«

»Ich weiß überhaupt nicht, wovon Sie reden«, erwiderte der Mann. »Und jetzt verschwinden Sie von hier, andernfalls rufe ich die Polizei.«

»Polizei?« höhnte Wallace, ging die Treppe hinunter und zog die Kanone der Frau aus der Tasche. »Ich glaube kaum, daß das eine so besonders gute Idee ist, Mr. Gilbert. Ich könnte denen doch die ganze Sache erzählen, oder?«

»Welche ganze Sache?« fragte der Mann.

Das ist nicht besonders fair, dachte Wallace. Dieser Mann überließ ihm die ganze Arbeit!

»Du weißt schon – die ganze Sache«, erwiderte er und deutete mit der Kanone ganz allgemein auf den Raum. »Die ganze ... *Sache*.«

In diesem Augenblick schaute Wallace nach unten und bemerkte eine Zeitung auf dem Couchtisch. Auf der Titelseite war ein Bild genau des Mannes, mit dem er gerade redete! Erstaunt nahm er sie in die Hand.

»ABGEORDNETER DER TORYS IN CALLGIRL-SKANDAL VERWICKELT«

schrie die Schlagzeile, und darunter, in kleinerer Schrift, stand die Zeile:

Gilbert Embleton leugnet Teilnahme an Nacktplanschpartys mit Luxuscallgirl Rachel Jones

Wallace war sprachlos vor Bewunderung. Sie hatten wirklich an alles gedacht! Und es sah haargenau wie eine echte Tageszeitung aus!

»Unglaublich!« flüsterte er vor sich hin. Und dann, er konnte seine Begeisterung einfach nicht für sich behalten, schlüpfte er für einen Moment aus seiner Rolle und sagte dem Mann:

»Es tut mir leid, aber ich muß Ihnen einfach sagen: Es ist absolut phantastisch. Die Detailtreue, die ... die Sorgfalt der ganzen Sache ... es ist schlicht und ergreifend erstaunlich. Sie sollten irgendeinen Preis bekommen!«

»Was, dafür, daß ich mich gründlicher kompromittiert habe als jeder andere Minister seit dem Krieg?« schnauzte der Mann. »Ja, schön, man hätte es sich ja denken können, nicht wahr? Die Menschen stürzen sich auf jeden Skandal. Keinen interessiert die Wahrheit. Hauptsache, es ist eine prima Geschichte.«

Wallace hatte sich in der Zwischenzeit einen guten Text ausgedacht.

»He, Moment mal!« sagte er und wackelte mit dem Finger. »Wenn Sie so unschuldig sind, warum haben Sie mich dann engagiert, Rachel umzulegen?«

»Habe ich nicht!« schrie der Mann. »So, und wenn Sie jetzt nicht sofort dieses Haus verlassen, werde ich ausgesprochen häßlich!«

Auch darauf hatte Wallace eine passende Antwort.

»Sie *sind* häßlich!« brüllte er, ging in großen Schritten auf den Mann zu, drückte ihm die Kanone an den Kopf und spannte den Hahn.

»So, und jetzt raus mit der Sprache«, fuhr er fort. *»Wo ist mein Geld?«*

Der Text flog ihm einfach so zu, wie die Fliegen, gerade so, als ziehe er einen unerschöpflichen Vorrat von Karnickeln aus einem Hut, ohne auch nur den blassesten

Schimmer zu haben, woher sie kamen. Wahrscheinlich war das all den vielen Jahren zu verdanken, die er damit verbracht hatte, mit seinen geistreichen Freunden von der Uni Marihuana zu rauchen (bevor er beschlossen hatte, sich zusammenzureißen) und sich alte Filme aus den Vierzigern reinzuziehen.

Inzwischen schwitzte der Mann wie ein Schwein.

»Es ist nicht meine Entscheidung, wieviel Sie dafür bekommen!« platzte es aus ihm heraus.

»Wessen dann?« sagte Wallace.

»Sind Sie völlig verrückt geworden?« sagte der Mann. »Wenn Sie nicht zufrieden sind, sprechen Sie mit Ihren Vorgesetzten! Die waren doch mit einem Bonus für diesen Job einverstanden, oder etwa nicht?«

»Ach«, sagte Wallace, »waren sie das?« Damit hatte er nicht gerechnet.

»Ihr Geld liegt auf Ihrem Bankkonto, genau wie immer. Zumindest, soweit ich das weiß«, sagte der Mann. »Wenn Sie jetzt bitte diese Kanone von meinem Kopf nehmen würden.«

»Tja, ich will aber mehr!« sagte Wallace und konterte mit einem verächtlichen Lachen. Es machte einen Mordsspaß, einfach sagen zu können, was einem gerade in den Sinn kam!

»Hören Sie, Spenser –«, sagte der Mann.

»Wenn Sie mir nicht mehr Geld geben ... werde ich ... Sie umlegen!« sagte Wallace und bohrte die Mündung der Kanone in den Kopf des Mannes.

»In Ordnung! In Ordnung! Wieviel wollen Sie?« schrie der Mann.

Wieder eine kitzlige Frage. Wallace hatte keine Ahnung, wieviel er wollte.

»Ach, ich weiß nicht...«, sagte er. »Wieviel haben Sie denn bei sich?«

Der Mann riß perplex die Augen auf. Er hatte ja schon gehört, daß Spenser seltsam war, aber auf das hier hatte ihn kein Mensch vorbereitet.

»Äh ... ungefähr 100 Pfund, glaub ich«, stammelte er.

»Ach, das ist schon okay«, sagte Wallace forsch-fröhlich.

Der Mann gab ihm das Bargeld und schob sich langsam Richtung Tür.

»Ich bin dann jetzt weg«, sagte er.

»Okay... Bye«, sagte Wallace, der völlig damit beschäftigt war, die Geldscheine zu untersuchen, um herauszufinden, ob sie echt waren oder nicht.

Der Mann schlüpfte durch die Haustür hinaus.

KAPITEL FÜNF

Das Geräusch des sich entfernenden Wagens lenkte Wallace' Aufmerksamkeit von dem Geld ab (er konnte kaum glauben, daß es Falschgeld war). Plötzlich kam ihm in den Sinn, daß er aus dem Schauspieler, der den Politiker markierte, mehr Informationen über das Stück hätte herauskitzeln sollen.

Also stürmte er auf die Straße hinaus und brüllte den schwindenden Rücklichtern ein »He! Komm zurück!« nach.

Aber zu spät.

Nicht zu spät jedoch kam er, um nicht noch zu sehen, wie sich die Frau, die er zuvor im Schlafzimmer kennengelernt hatte, an zusammengeknüpften Bettlaken von einem Fenster abseilte. Sie war ziemlich unzweckmäßig in hochhackige Pumps geschlüpft und hatte sich einen voluminösen Pelzmantel übergestreift, den sie direkt über dem Negligé zu tragen schien. *Pelzmantel, aber kein Schlüpfer!* dachte Wallace munter. Sie war so eine gute Figur!

Er stand auf der Straße und wartete, daß sie ihren Abstieg beendete. Als sie schließlich sicher auf dem Boden angekommen war, brachte er seinen Spruch an:

»He, Lady! Ich dachte, wir hätten eine Abmachung!«

Sichtlich überrumpelt wirbelte sie herum.

»Ich ... äh ... dachte, Sie brauchten vielleicht Hilfe. Ich wollte von hinten reinkommen und, äh ... helfen ...«, stammelte sie.

»Für wie blöd halten Sie mich?« sagte Wallace.

»Okay«, sagte sie und senkte die Augen. »Dann hab ich eben versucht zu verschwinden. Können Sie mir einen Vorwurf machen? Was weiß ich denn? Womöglich spielen Sie nur mit mir, genau wie eine Katze mit einer Maus.«

Aber Wallace wollte mit ihr über diesen Gilbert reden.

»Ich habe gerade mit Gilbert gesprochen«, sagte er aufgeregt. »Er behauptet, er hätte mich nicht engagiert, um Sie umzulegen. Hat er aber doch, oder?«

Die Frau sah ihn verblüfft an.

»Wissen Sie das denn nicht?« sagte sie.

Wallace' Kinnlade klappte herunter, aber eine ganze Weile kam keine Silbe heraus.

»Äh ... äh ... nein!« gestand er schließlich. »Nein, weiß ich nicht.«

Soll das Skript sich doch aus sich selbst heraus weiterentwickeln, dachte er. *Es bringt nichts, zu clever sein zu wollen.*

»Wirklich nicht?« fragte die Frau.

»Also, wissen Sie«, stotterte Wallace, »viele meiner Kunden möchten lieber anonym bleiben. Sie rufen mich einfach an und sagen mir, wen ich umlegen soll, und ich sage, okay, schön, deponieren Sie ein paar hundert Mäuse in der Gepäckaufbewahrung der Paddington Station –«

»Ein paar hundert?« wiederholte die Frau mit ungläubig aufgerissenen Augen.

Wallace schluckte. Er hatte sich noch nie Gedanken über den gängigen Preis eines Auftragsmordes gemacht. Vielleicht sollte er noch was drauflegen.

»Ein paar hundert ... *tausend* ... natürlich ...«, sagte er.

»Oh. Ich verstehe«, erwiderte sie.

An dieser Stelle folgte ein kurzes, betretenes Schweigen. Wallace spürte irgendwie, daß er jetzt etwas sagen mußte, hatte aber überhaupt keine klare Vorstellung davon, in welcher Richtung das Skript nun weitergehen sollte.

»Ist nicht gerade viel ... wenn man an die Inflationsrate

denkt und alles ...«, nuschelte er und verfluchte sich sofort wegen seines dämlichen Geredes.

Die Frau stieß ein kleines, gezwungenes Lachen aus.

»Wissen Sie was?« sagte sie. »Sie sind witzig. Hat Ihnen das schon mal einer gesagt?«

»Tjaaa«, meinte Wallace, »ich hab nichts gegen einen guten Witz zur rechten Zeit.«

»Ich kann's immer noch nicht glauben, daß Sie – tun, was Sie tun«, sagte sie.

»Tjaaa ...«, machte Wallace. »Später würde ich gern mal zu ... einer Handelsbank oder so wechseln ...«

Diesmal lachte sie laut los.

Wallace lachte ebenfalls. War es in Ordnung zu lachen? Mußte wohl.

Irgendwie schien das Eis zwischen ihnen gebrochen zu sein. Wallace durchfuhr der Gedanke, daß sie nicht nur unwahrscheinlich schön, sondern auch noch eine unglaublich gute Schauspielerin war. Er glaubte wirklich, daß er sie allmählich auch als Mensch kennenlernte – was natürlich völlig absurd war. Ihr wahrer Charakter war vermutlich gänzlich anders.

»Meinen Sie nicht, daß wir so schnell wie möglich von hier verschwinden sollten?« fragte die Frau. »Gilbert wird mit Sicherheit jemanden vorbeischicken, der kontrollieren soll, ob Sie Ihren Job erledigt haben. Und wenn die keine Leiche finden, stecken Sie in genauso großen Schwierigkeiten wie ich.«

»Glauben Sie?« fragte Wallace.

Sie sah ihn erstaunt an. Er wirkte so unglaublich cool, managte die ganze Sache so lässig. Er muß Nerven aus Stahl haben, dachte sie.

»Wissen Sie, Spenser, eines Tages«, sagte sie, »werden Sie mal zu cool sein. Ihr Söldner endet alle gleich.«

»Tun wir das?« antwortete Wallace unbeschwert. »Und

wie sieht das aus?« Er genoß es, wenn so über ihn geredet wurde.

»Oh – begraben in Beton oder zu Würstchen verarbeitet«, erwiderte sie. »Ich weiß nicht... Wo ist Ihr Wagen?«

»Igitt!« sagte Wallace aufrichtig angeekelt.

Sie stiegen in seinen MG.

»Wohin jetzt?« wollte er wissen.

»Irgendwohin – irgendwohin, nur weg hier«, sagte sie.

Wallace war verwirrt. Wenn sie *irgendwohin* fuhren, hatte das Theater im Leben garantiert keine Chance, die Vorstellung um sie beide herum fortzusetzen. Er war davon ausgegangen, daß sie ihm sagen würde, wo die nächste Szene gespielt wurde.

»Sind Sie sicher, daß Ihnen nichts Bestimmtes vorschwebt?« fragte er.

»Wir müssen irgendwo untertauchen und uns überlegen, was wir als nächstes tun sollen«, sagte sie. »Das ist Ihnen doch bestimmt auch klar.«

»Also, ja, natürlich, liegt ja auf der Hand...«, sagte Wallace. »Ich dachte nur... Sie hätten vielleicht ein paar Freunde... oder so...«

»Weniger Freunde, als ich dachte, fürchte ich«, vertraute sie ihm an. »Seit diese Geschichte aufgeflogen ist, bin ich ziemlich auf mich allein gestellt. Wie wär's mit Ihrer Wohnung?«

»*Meine* Wohnung?« wiederholte Wallace entgeistert. Das Theater im Leben kommt direkt zu seinem Publikum nach Hause? Spitze!

»Warum nicht?« erwiderte sie. »Lange werden wir da nicht bleiben können, aber es ist schon mal ein Anfang.«

»Okay... schön... wenn Sie's so haben wollen...«, sagte Wallace. »Auf geht's.«

Die Frau im Fernsehen hatte nicht übertrieben. All seine

alten, vorgefaßten Meinungen wurden radikal in Frage gestellt.

Sie erreichten seine Wohnung.

»Was dagegen, wenn ich mich frisch mache?« fragte sie.

»Nein, natürlich nicht«, sagte er. »Da durch, und dann links.«

Während sie im Bad war, nutzte er die Gelegenheit, seinen Bruder anzurufen.

»Jim!« flüsterte er in den Hörer. »Ich bin's, Wallace!«

»He! Wie läuft's?« fragte sein Bruder.

»Erstaunlich! Absolut erstaunlich!« sagte Wallace und gab sich die größte Mühe, nicht zu laut zu sprechen. »Ich habe eine wunderschöne Frau in meiner Wohnung!«

»*In deiner Wohnung?*« sagte sein Bruder. »Ich wußte gar nicht, daß die die Sache bei einem zu Hause spielen!«

»Tja, sie ist jedenfalls jetzt hier!« sagte Wallace. »Was soll ich tun?«

Wenn er mit seinem Bruder redete, endete es immer damit, daß er ihn um Rat fragte.

»Du kommst offensichtlich auch ohne meine Hilfe wunderbar klar«, sagte sein Bruder. »Wie sieht die Handlung bislang aus?«

»Also, sie ist ein Edelcallgirl – sie bestreitet es zwar, aber das ist offensichtlich ihre Rolle –, und sie hatte eine Affäre mit einem Unterhausabgeordneten, und –«

»Hast du den Abgeordneten getroffen?« fragte sein Bruder.

»Ja!« sagte Wallace. »Und es sind ausnahmslos ausgezeichnete Schauspieler! Du würdest es nicht glauben, Jim. Ich kann's ja selbst kaum glauben!«

»Also ist es die fünfzig Mäuse bislang wert?«

»Jeden Penny!« sagte Wallace. »Wirklich, die könnten

locker das Doppelte nehmen, und es wäre immer noch preiswert. Hör zu, ich glaube, sie kommt jetzt jeden Moment aus dem Bad zurück. Eines wollte ich dich aber noch fragen.«

»Was denn?«

»Wie lange dauert diese Sache? Ich meine, sind es zwei Stunden, oder, äh ... spielt's auch noch in den nächsten Tag rein oder was?«

»Du meinst, ob's auch über Nacht geht?« fragte Wallace' Bruder.

»Das hab ich nicht gesagt!«

»Aber das hast du gemeint. Hör zu, Wallace, sie ist Schauspielerin, okay? Keine –«

»Keine Prostituierte. Ja, ich weiß«, sagte Wallace. »Ich hab mich ja auch nur so gefragt.«

»Versuch, die Hände von ihr zu lassen«, sagte sein Bruder.

Genau in diesem Moment tauchte sie aus dem Bad auf und sah einfach phantastisch aus.

»Paß auf, Jim, ich muß jetzt Schluß machen«, sagte Wallace und hob dabei seine Stimme so weit, daß er nicht geheimnistuerisch klang. »Wir sehen uns!«

»Benimm dich!« sagte sein Bruder noch.

»Okay! Mach's gut«, sagte Wallace und legte auf.

»Wer war das?« fragte die Frau.

»Mein Bruder«, sagte Wallace.

Es entstand ein betretenes Schweigen. Doch tatsächlich hatte Wallace den Eindruck, auf eigenem Spielfeld erheblich besser improvisieren zu können.

»Darf ich Ihnen was zu trinken anbieten?« schlug er vor.

»Warum nicht?« erwiderte sie. »Noch vor zwanzig Minuten haben Sie eine Kanone auf mich gerichtet und den Abzug gedrückt. Kein besonders schönes Gefühl. Ich nehme einen Wodka mit irgendwas.«

»Ich versuche, nicht zu sehr über die Gefühle meiner Opfer nachzudenken«, sagte Wallace und schenkte die Drinks ein. »Es bringt überhaupt nichts, wenn man in meiner Branche sentimental wird.«

Sie schaute sich in seinem Wohnzimmer um und hielt vor seinem Bücherregal inne.

»*A La Recherche Du Temps Perdu!*« las sie. »Haben Sie das gelesen?«

»Ich mußte«, erwiderte er und gab ihr das Glas. »Gehörte zum Seminar.«

»Soll das heißen, Sie haben einen *Universitätsabschluß*?« hakte sie sofort nach und sah ihn erstaunt an.

»Französische Literatur«, gestand Wallace einfach. Scheiße! dachte er. Das paßt überhaupt nicht zu dieser Mördernummer. Andererseits war es aber auch ihre Schuld, daß sie überhaupt in seiner Wohnung gelandet waren. Wie konnte man von ihm erwarten, glaubwürdig seine Rolle aufrechtzuerhalten, wenn er von all den verräterischen Accessoires seiner wahren karriereorientierten Identität umgeben war? Tja, dachte er, jetzt hab ich's zugegeben. Also sollte ich auch das Beste draus machen.

»Ich habe mich auf die Romantiker des neunzehnten Jahrhunderts spezialisiert«, sagte er.

»Und dann haben Sie beschlossen, Killer zu werden?« fragte sie.

»Ja«, sagte Wallace dreist. »Eigentlich wußte ich schon immer, daß ich Killer werden wollte. Ich dachte, romantische französische Literatur ist auch keine schlechtere Grundlage als alles andere.«

An diesem Punkt kämpfte er dagegen an, selbstbeweihräuchernd loszuprusten. Mit einem mühelosen Schachzug war er in das Reich der großen Komödie vorgestoßen! Er betete, daß seine Inspiration ihn jetzt nicht verließ.

»Übrigens, Sie kennen doch Gilbert«, fuhr er fort, weil

er sich auf sichererem Boden wähnte, wenn er die Unterhaltung wieder auf das ursprüngliche Skript zurückbrachte.

Die Frau nickte.

»Was hat er gesucht?«

Sie erstarrte.

»O mein Gott!« sagte sie. »Die Briefe! Wir haben die Briefe vergessen!«

KAPITEL SECHS

»Was genau sind das für Briefe?« erkundigte sich Wallace, als sie zu dem Haus in Holland Park zurückfuhren.

»Briefe von Gilbert an mich natürlich!« sagte Rachel. »Verstehen Sie denn nicht? Sie sind der Dreh- und Angelpunkt des ganzen Falles. Wenn wir diese Briefe haben, dann haben wir ihn völlig in der Hand!«

»Oh. Genau«, sagte Wallace. »Dann holen wir sie uns wohl besser.« Und er lächelte sie fröhlich an. Das arme Ding schien wegen dieser ganzen Affäre aufrichtig angespannt zu sein.

Sie erreichten das Haus und traten vorsichtig ein.

»Gehen Sie rauf in mein Zimmer«, sagte Rachel. »Von da oben haben Sie die Straße besser im Blick. Falls Sie irgendwas sehen, dann brüllen Sie.« Und sie machte sich daran, die Schreibtischschubladen zu durchwühlen.

»Schön, meine Liebe«, sagte Wallace und ging nach oben.

In Rachels Zimmer fand er eine Leiche. Es war unheimlich realistisch. Die Leiche trug schwarze Kleidung und eine Sonnenbrille, genau wie er selbst, und saß auf einem Sessel in der Ecke des Zimmers. Blut tröpfelte aus ihrem Mundwinkel. Ihre, vielmehr seine, denn die Leiche war eindeutig männlich, Haut war narbig, und er hatte ein ziemlich gemeines Gesicht.

Wallace sah genau hin, gluckste vor Lachen und schlich auf Zehenspitzen hinüber.

Ob's wohl fair ist, fragte er sich, ihn einmal kurz in den Arm zu zwicken, nur um zu sehen, ob er zusammenfuhr?

Verdammt, sein Bruder hatte das Ticket doch schließlich bezahlt, oder etwa nicht? Falls das Theater im Leben Regeln kannte, dann sollten sie einem die auch mitteilen, statt so gottverdammt geheimnisvoll zu tun.

Er beugte sich vor und kniff behutsam in den Arm der Leiche. Sie zuckte nicht mal.

Wallace lachte leise vor sich hin und linste aus dem Zimmer in den Wohnbereich darunter. Rachel durchsuchte immer noch die Schreibtischschubladen. Sollte er ihr was von der Leiche sagen? Er fand, es sei am besten, wenn er einfach improvisierte. Vielleicht könnte er ja behaupten, er habe Mr. Wer-auch-immer erschossen, um sie zu beschützen. Vielleicht half das dem Skript in die Richtung nach, daß sie sich in ihn verliebte. Kein schlechter Gedanke.

Vorsichtig legte er einen Finger auf das durchnäßte, blutgetränkte Hemd der Leiche, roch und schmeckte die rote Flüssigkeit.

»Unglaublich!« sagte er laut. Es roch und schmeckte genau wie echtes Blut.

Dann hörte er eine leise Stimme von irgendwo im Zimmer.

»Spenser?« sagte die Stimme. »Spenser? Bitte kommen. Sind Sie da?«

Es schien vom Bett zu kommen. Wallace kratzte sich am Kopf. Dann bemerkte er auf der Bettkante ein goldenes Zigarettenetui und ein Feuerzeug. Die Stimme kam von dort!

»Spenser?« fragte die Stimme wieder.

Wallace fummelte an dem Zigarettenetui, öffnete es und entdeckte, daß es ein winziges Funkgerät war. Das war ja super! Jetzt bekam er auch noch Requisiten! Und was für tolle Requisiten das waren! Er kam sich vor wie James Bond.

»Hallo! Spenser hier!« sagte er vergnügt ins Funkgerät.

»Spenser? Sie klingen irgendwie anders«, sagte die Stimme.

»Tue ich das?« fragte Wallace.

»Schon gut, vergessen Sie das«, sagte die Stimme. »Haben Sie Ihr Ziel erreicht?«

Wallace runzelte die Stirn. »Mein Ziel?«

»Haben Sie *das Sicherheitsrisiko eliminiert?*« fragte die Stimme gereizt.

Wallace zermarterte sich das Hirn. »Oh, Sie meinen die Frau! Ob ich die Frau umgelegt habe? Oh ... äh ...« Er schwieg kurz. Hatte er sie umgebracht? »Äh ... ja«, sagte er schließlich.

»Gut. Und Sie haben sich der leblosen Last entledigt?«

Wallace holte tief Luft. »Leblose Last ... leblose Last ... Oh, genau, die *Leiche!* Oh – sicher – ja – ich, äh ... hab sie in die Themse geworfen.«

»In die Themse geworfen?« wiederholte die Stimme fassungslos. »Es sollte doch die übliche chemische Entsorgung sein!«

»Ach, ja?« sagte Wallace, beunruhigt über die Vielschichtigkeit der Improvisation. »Oh ... ja ... das haben Sie gesagt, nicht wahr? Tja, ich, äh, hab da etwas Probleme mit einigen, äh, *feindlichen Agenten* bekommen, und ich, äh ... wollte sie wirklich loswerden, also dachte ich, nun ja, zum Teufel auch, nur dieses eine Mal, schmeiß ich sie eben in die Themse.«

Nicht schlecht für einen Amateur! dachte er. Er hatte das Detail mit den feindlichen Agenten eingestreut, weil er meinte, seit dem Auftauchen des Zigarettenetuifunkgeräts sei das Skript allgemein rasanter und internationaler geworden.

»Sie wollen sagen, Sie sind Boris' Truppe in die Arme gelaufen?« fragte die Stimme.

»Äh ... ja«, sagte Wallace.

»Haben Sie ihn umgelegt?«

Die Fragen kamen jetzt so gedrängt und schnell! Es war wie bei *Mastermind!*

»Äh ... also ... nein«, sagte Wallace – und erkannte dann sofort, daß er »ja« hätte sagen sollen.

»Was denn nun, entweder haben Sie ihn umgelegt oder nicht«, sagte die Stimme ungeduldig.

»Also, ich – ich hab ihn *halb* umgelegt«, sagte Wallace, legte eine Hand über die Sprechmuschel und lachte einmal kurz über seine eigene Dreistigkeit.

»Sie haben ihn *halb* umgelegt?« fragte die Stimme.

»Ja«, sagte Wallace. »Ich hab ihm mehrere Kugeln in den Wanst gejagt, aber er ist einfach weggekrochen, genau wie Rasputin. Sie kennen ja diese Russen. Die sind gebaut wie Panzer.«

»Spenser, sind Sie betrunken?« fragte die Stimme.

Genau in diesem Augenblick hörte er, wie Rachel den Raum betrat, also klappte er das Zigarettenetui zu.

Sie sah die Leiche und schrie.

»KGB«, sagte Wallace und setzte seine Ray Ban wieder auf. »Er ist gekommen, um Sie zu töten.«

Rachel brach schluchzend in seinen Armen zusammen.

»O Spenser!« heulte sie. »Ich hab solche Angst! Lassen Sie nicht zu, daß die mich kriegen! Lassen Sie nicht zu, daß die mich umbringen!«

Wallace lächelte. Er mochte es, wenn das Skript solche Wendungen nahm.

KAPITEL SIEBEN

Sir John Daggenhurst, Chef des britischen Secret Service, legte das Telefon aus der Hand, das per Funk mit dem Miniaturempfänger in Spensers goldenem Zigarettenetui verbunden war.

Er war beunruhigt.

»Ist irgend etwas nicht in Ordnung, Sir?« fragte sein Stellvertreter, die Nummer Zwei des britischen Secret Service.

»Sozusagen«, antwortete der Chef. »Es ist dieser Spenser. Ich glaube, er dreht durch.«

»Dreht durch, Sir?«

Sir John runzelte die Stirn. »Jedenfalls irgendwas in dieser Richtung. Wie Sie wissen, haben wir uns doch alle darauf verständigt, daß die Leiche des Mädchens in Schwefelsäure aufgelöst werden sollte?«

»Eine sehr kluge Vorsichtsmaßnahme, wenn ich das mal so sagen darf, Sir«, bemerkte die Nummer Zwei.

»Nun, Spenser hat mir gerade eben gesagt, daß er sie einfach in die Themse geworfen hat«, sagte der Chef.

»Du liebe Zeit!« rief sein Kollege. »Ich muß schon sagen, das ist aber äußerst ungewöhnlich.«

»Mir gefällt das gar nicht. Und als ich versuchte, mehr aus ihm herauszuholen, hatte ich das untrügliche Gefühl, daß er die ganze Situation auf die leichte Schulter nimmt.«

»Auf die *leichte Schulter* nimmt? Nun, das ist aber *ausgesprochen* unangemessen! Sind Sie sicher, daß er nicht gefoltert wurde oder so und versuchte, uns verschlüsselt etwas mitzuteilen?«

»Das ist mir durchaus in den Sinn gekommen«, sagte der Chef. »Aber dafür klang er viel zu vergnügt. Lassen Sie die Aufzeichnung des Gesprächs zur Analyse runter in die Chiffrierabteilung bringen.«

»Sofort, Sir.«

An diesem Punkt tauschten die zwei einen Blick aus, der ernste Besorgnis ausdrückte.

Dann klopfte der Chef des britischen Secret Service abschließend auf seinen Schreibtisch und sagte:

»Ich denke, dieser Mann sollte besser überwacht werden.«

»Äh, entschuldigen Sie, Sir«, sagte die Privatsekretärin des Chefs des britischen Secret Service. »Wir haben den Minister am Apparat. Offenbar ist er Spenser in Rachel Jones' Wohnung begegnet. Er behauptet, Spenser habe ihm unter vorgehaltener Waffe 100 Pfund abgenommen!«

»*Was?*« rief der Chef des Secret Service.

»Genau das sagt er, Sir«, bestätigte seine Privatsekretärin.

»Sie stellen ihn besser durch«, befahl der Chef. »Was in aller Welt hatte er dort überhaupt zu suchen?«

»Er ist auf Leitung eins, Sir«, sagte seine Sekretärin.

Der Chef nahm den Hörer in die Hand und runzelte die Stirn.

»Guten Tag, Herr Minister«, sagte er in, wie er hoffte, besänftigendem Ton. »Daggenhurst hier. Wie ich höre, sind Sie einem unserer Jungs in der Jones-Wohnung begegnet.«

»Dieser Spenser ist total verrückt!« schrie Gilbert Embleton mit einer Stimme, die eine Idee schriller war, als man bei einem Mitglied des Kabinetts erwarten würde.

»Sind Sie sicher, daß er nicht versucht hat, Ihnen eine verschlüsselte Mitteilung zu machen, Herr Minister?« fragte der Chef des Secret Service. »Vielleicht waren KGB-Agenten im Raum. Was genau hat er gesagt?«

»Er hat gesagt, wenn ich ihm nicht sofort das Geld aus meiner Brieftasche gebe, dann würde er mich erschießen. Ist das ein Code für irgendwas?«

Der Chef legte eine Hand über die Sprechmuschel.

»Ist es?« fragte er seinen zweiten Mann.

Sein Kollege schüttelte den Kopf. »Nicht, daß ich wüßte«, sagte er.

»Wir überprüfen das noch, Herr Minister«, fuhr der Chef ins Telefon fort, »aber Sie müssen sich bewußt machen, daß es uns unmöglich ist, mit Sicherheit zu sagen, was dort los war. Vielleicht brauchte er 100 Pfund für eine dringende Angelegenheit der nationalen Sicherheit.«

»Der Mann ist verrückt! Haben Sie verstanden? Total verrückt!« schrie Embleton. »Er hat mir eine Scheißangst eingejagt!«

»Darf ich Sie fragen, was Sie in der Jones-Wohnung gemacht haben, Herr Minister?« fragte der Chef des Secret Service. »Wir haben Ihnen doch dringend ans Herz gelegt, sich um Himmels willen von dort fernzuhalten.«

Es folgte ein kurzes Schweigen.

»Ich ... äh ... bin noch einmal hingegangen, um gewisse Dinge ... äh ... abzuholen ...«, sagte Embleton dann.

»Und diese ... *Dinge* ... waren sie *sehr* wichtig, Herr Minister?«

Wieder Stille.

»Äh ... ja.«

Der Chef des Service legte wieder eine Hand über die Sprechmuschel.

»Jetzt kommt's!« sagte er zu seinem Kollegen. Dann sprach er wieder in den Hörer.

»Möchten Sie uns vielleicht genau sagen, um welche Art *Dinge* es sich dabei handelte?«

Schweigen.

»Herr Minister?«

»Ja, in Ordnung, es waren Briefe!« zischte Embleton knapp.

»Briefe«, sagte der Chef und schloß vor Verzweiflung die Augen.

»Ja!« bellte Embleton. »Ein paar harmlose Briefe, für sich genommen überhaupt nicht kompromittierend, die aber, wenn sie in falsche Hände gerieten ... in *skrupellose* Hände ... leicht falsch ausgelegt werden könnten.«

»Ich verstehe«, sagte der Chef. »Würden Sie sagen, Herr Minister, daß sie falsch ausgelegt *würden*, wenn diese *harmlosen Briefe*, zum Beispiel, *der Presse* in die Hände fielen?«

Langes Schweigen.

»Äh ... ja.«

»Gut und schön, Herr Minister. Sagen Sie, haben Sie diese Briefe gefunden?«

»Äh ... nein.«

Der Chef des Secret Service seufzte.

»Wir werden tun, was wir können«, sagte er.

»Ach, und Daggenhurst ...«, sagte Gilbert Embleton.

»Ja?«

»Ich möchte nur noch sagen, daß meine Beziehung zu Miss Jones ... zu keiner Zeit ... unschicklich gewesen ist ...«

»Ja, Herr Minister, dessen bin ich mir bewußt.«

»Nur eine völlig harmlose Freundschaft ...«

»Absolut, Herr Minister. Verstanden.«

»Gut. Solange wir uns darin ... einig sind«, sagte Embleton.

»Niemand hier zweifelt auch nur eine Sekunde an Ihnen, Herr Minister, seien Sie dessen versichert. Und jetzt sollten Sie vielleicht versuchen, sich ein wenig auszuruhen.«

»Sie haben mir sehr geholfen«, sagte Embleton. »Äh ... auf Wiedersehen.«

Der Chef des Secret Service legte den Hörer auf und sah seinen zweiten Mann müde an.

»Sind jetzt alle verrückt geworden?« fragte er.

KAPITEL ACHT

Rachel hatte sich inzwischen ein wenig beruhigt. Sie saßen auf der Bettkante.

»Spenser, sagen Sie mir die Wahrheit«, sagte sie. »Sie sind nicht einfach nur mein Killer, oder?«

Wallace strahlte zunehmend mehr vor Freude. Dann war es also tatsächlich wahr! Sie hatten ihm die Rolle eines Geheimagenten gegeben! Mit Lizenz zum Töten – und alles!

»Tja, meine Arbeit ist in der Tat streng geheim, müssen Sie wissen«, sagte er auf eine Weise, die unmißverständlich klarmachen sollte, daß sie völlig richtig geraten hatte.

»Sie sind beim Geheimdienst, stimmt's? Beim MI5«, fuhr sie fort. »Gott, was für ein Schlamassel! Ich vermute, damit sinken unsere Chancen automatisch noch tiefer.«

»Ist das so?« fragte Wallace. Jetzt kam er irgendwie nicht mehr ganz mit.

»Ja, natürlich!« erwiderte sie, stand auf und ging im Zimmer auf und ab. »Wenn Sie unabhängig gewesen wären, hätten wir vielleicht eine Chance gehabt, einfach abzuhauen. Aber wenn die Regierung in die Sache verwickelt ist, werden die uns niemals entkommen lassen.«

»Also, wenn Sie es von dieser Seite betrachten, dann sieht es tatsächlich ziemlich übel aus. Da gebe ich Ihnen recht«, sagte Wallace.

»Wenn ich nur diese Briefe hätte!« seufzte sie. Dann blieb sie wie angewurzelt stehen und starrte aus dem Fenster. »Erkennen Sie diesen Wagen da?« fragte sie.

Wallace kam und riskierte einen Blick. Ein schwarzes

Auto hielt gerade vor dem Haus. Natürlich erkannte er den Wagen nicht!

»Nee«, sagte er.

»Tja, wer immer es ist, sie kommen jetzt rein«, sagte sie.

Als sie vorsichtig durch die nur halb geschlossene Tür ins Erdgeschoß linsten, sahen sie zwei kräftig gebaute Männer, beide blond und mit Seemannspullovern bekleidet, verstohlen durch die Haustür hereinkommen. In rauhem, geschäftsmäßigem Tonfall wechselten sie einige Worte und begannen dann sofort, die Schreibtischschubladen zu durchwühlen.

»Engländer!« sagte Rachel. »Für wen können *die* nur arbeiten?«

»Keinen Schimmer!« sagte Wallace. »Was suchen die überhaupt?«

»Briefe, nehme ich an«, erwiderte Rachel lakonisch. Dann fügte sie in wehmütigem Ton hinzu: »Wenn ich nur die Briefe finden könnte, die Boris Andrew geschickt hat!«

»Die Briefe, die Boris Andrew geschickt hat?« flüsterte Wallace. So langsam verwirrte ihn das alles ein wenig. Sollte er über all das Bescheid wissen?

»Boris hat Andrew Briefe geschrieben?« fragte er laut und hoffte, ihr zumindest einen Anhaltspunkt in diesem neuen und verwirrenden Aspekt des Skripts entlocken zu können.

»Natürlich hat er das«, erwiderte sie. »Sie waren intim befreundet.«

»Meine Fresse!« sagte Wallace. »Boris und Andrew?«

»Wie dumm von mir!« sagte Rachel seufzend. »Wahrscheinlich hat man Ihnen erzählt, daß Boris eine Affäre mit mir hatte. Das hat jeder angenommen. Schon allein, weil er in dem Haus dieser leichtlebigen und unmoralischen jungen Frau ein und aus ging, mußte er natürlich auch mit ihr schlafen.«

»Tjaaa...«, machte Wallace. Er sah schon die Logik in dieser Annahme.

»Und nur weil sie miteinander schlafen, muß sie natürlich auch Staatsgeheimnisse weitergeben, die sie zuvor Gilbert beim Liebesspiel entlockt hat.«

»Tjaaa...«, machte Wallace wieder. Das klang alles schon ziemlich wahrscheinlich.

»Aber es war ein Trugschluß, sehen Sie das denn nicht?« fuhr sie fort. »Boris traf sich mit meinem Mitbewohner, nicht mit mir –«

»Andrew«, sagte Wallace.

»Ja, Andrew. Und überhaupt, keiner von uns wußte, daß er ein KGB-Agent war. Vielleicht haben wir eine Chance, meine Unschuld zu beweisen, wenn wir wenigstens Boris' Briefe an Andrew finden. Selbst wenn wir nicht Gilberts Briefe an mich haben.«

Wallace kratzte sich am Kopf. In genau diesem Augenblick beschlich ihn das Gefühl, daß man dem Verfasser des Manuskripts möglicherweise vorwerfen könnte, es sei mit ihm durchgegangen. Vielleicht hätte man einige der haarsträubenderen Verwicklungen des Plots ohne größeren Schaden für das Ganze streichen sollen.

»Und selbst wenn das nicht funktioniert, könnten wir immer noch mit den Russen verhandeln!« fuhr sie fort. Ein wenig unlogisch, fand Wallace.

»Ihre Regierung will nicht bekannt werden lassen, daß ihr Topagent mit einem anderen Mann liiert war. Boris ist in der UdSSR so was wie ein Star.«

»Tja, wenn Sie das sagen«, meinte Wallace; er war ehrlich gesagt ein bißchen gelangweilt von all diesen Details und wollte wieder zurück zu handfester Action. »Meinen Sie, ich sollte sie einfach erschießen?« Und er zog ihre kleine Damenpistole aus der Tasche.

»Oh, seien Sie vorsichtig, Spenser«, sagte sie. »Wenn

Sie getötet werden, bin ich ganz auf mich allein gestellt!«

»Hören Sie zu, Schätzchen«, sagte er, »ich bin ein exzellent ausgebildeter Geheimagent. Ich mache nur selten einen Fehler. Ich kann mir das gar nicht leisten. Gefährliche Eindringlinge auszuschalten gehört zu meinen normalen Routineaufgaben. Entspannen Sie sich.«

Dann hatte er eine Idee. Vielleicht würde es mehr Spaß machen, wenn sie *beide* Kanonen hatten. Es war natürlich ziemlich doof, daß ihm das Theater keine eigene Waffe gegeben hatte, aber das machte nichts, denn er freute sich darüber, nun ein wenig improvisieren zu können.

Er ging hinüber zu der Leiche und tastete sie ab. Und natürlich, da war sie ja, eine schwere, kompakte Männerpistole in einem Holster unter der Jacke. Wallace nahm sie heraus und warf Rachel ihre Kanone zu.

»Hier«, sagte er. »Geben Sie mir Feuerschutz.«

Er hatte noch nie wirklich verstanden, wie das funktionierte, jemandem »Feuerschutz zu geben«, aber er wußte, daß die Leute immer »Feuerschutz« haben wollten, wenn sie etwas ganz besonders Mutiges machten, daher meinte er, es könnte sich lohnen, dieses Detail einzubauen. Er fragte sich, ob die Schauspielerin, die die Frau spielte, wohl von dem Ideenreichtum und den witzigen Bemerkungen beeindruckt war, mit denen er seine Rolle spickte.

»Ich vertraue dir, Babe«, fügte er hinzu.

»Mein Gott!« sagte Rachel. »Sehen Sie nur!«

Als er sich die Kanone holte, hatte Wallace die Jacke des Toten geöffnet. Das Futter war zerfetzt worden durch die Kugel, die ihn getötet hatte, und durch den Riß im Stoff konnten sie nun die Ecke eines Umschlags herauslugen sehen. Rachel ging zur Leiche hinüber, vergrößerte den Riß im Futter und zog ein schmales Päckchen heraus.

Es war ein prall gefüllter, brauner Umschlag mit den Worten »BRIEFE VON BORIS« darauf.

»Das sind die Briefe!« rief Rachel aufgeregt. »Wir sind gerettet!«

»Briefe von Boris an Andrew?« fragte Wallace. Er war jetzt ebenfalls aufgeregt. Er hatte sich schon oft gefragt, was schwule Männer unter sich so anstellten, und er war ziemlich sicher, daß die Briefe eine faszinierende Lektüre sein würden, wenn sie genauso realistisch waren wie alles andere, was das Theater bislang gebracht hatte.

»Lassen Sie doch mal sehen!« sagte er. Er konnte sich einfach nicht bremsen.

»Die sind privat, Spenser«, sagte Rachel ein wenig schockiert über seinen Mangel an Diskretion.

»Ach, machen Sie schon!« sagte Wallace kindisch.

»Nein!« sagte sie. »Das ist Andrew gegenüber nicht fair!«

»Andrew muß es ja nicht erfahren«, sagte er.

»Aber er ist mein Freund, und ich sage nein!« erwiderte sie.

Wallace seufzte nachsichtig und beschloß, einen Augenblick das Skript zu verlassen.

»Hören Sie«, sagte er mit vertraulicher Stimme. »Warum sind sie wohl hier, wenn ich sie nicht mal lesen darf? Vermutlich hat jemand eine Menge Zeit damit verbracht, sie zu schreiben.«

»Ja, Boris, für Andrew!« sagte sie empört.

»Aber ich bin derjenige mit dem Ticket!« sagte Wallace.

»Sie sind *was*?« fragte Rachel.

Wallace legte eine Hand auf seinen Mund.

»Sorry!« nuschelte er. »Tut mir leid. Ich dachte nur, vielleicht könnten wir... das Skript mal einen Augenblick vergessen...«

Sie sah ihn entgeistert an.

»Sie sind ein merkwürdiger Mann«, sagte sie. »Manchmal verstehe ich Sie überhaupt nicht.«

»Tja«, sagte Wallace, »ich vermute, es macht einen wahrscheinlich schon ein bißchen verrückt... Sie wissen schon... Immer um die Welt zu düsen... Leute zu erschießen... Ski zu fahren...«

»Ich verstehe«, sagte sie sanft. »Kommen Sie, verschwinden wir von hier.«

Und sie verschwand durch das Schlafzimmerfenster.

KAPITEL NEUN

»Hast du jetzt die Briefe, die du Andrew Chilton geschrieben hast?« fragte der Chef des sowjetischen Spionagerings in London (auf russisch).

Boris Blavatsky war einigermaßen beschämt.

»Äh ... nein«, sagte er (auf russisch). »Die waren weg. Jemand muß sie genommen haben. Aber Spenser hab ich umgelegt.«

»Das nützt uns ja unwahrscheinlich viel!« fauchte der Chef des Spionagerings.

Dann dachte er kurz nach und fuhr fort:

»Nun, solange du die Briefe von Gilbert Embleton an Rachel Jones hast, können wir sie wahrscheinlich als Tauschobjekt einsetzen. Vermutlich haben die Briten deine Briefe. Wir könnten einen Austausch vorschlagen.«

Boris Blavatsky starrte auf seine Schuhe. Die Wahrheit war, daß er die Gilbert-Embleton-Briefe verloren hatte. Gerade hatte er sie noch gehabt, und im nächsten Augenblick waren sie auf einmal futsch. Er konnte sich beim besten Willen nicht vorstellen, was mit ihnen passiert war. Überdies war er ohnehin schon schlecht genug angeschrieben, seit seine Affäre mit Andrew Chilton ans Licht gekommen war, so daß es ihm sehr widerstrebte, weitere Fehler zuzugeben.

Jetzt war er beunruhigt. Falls die Idee eines Austauschs mit den Briten tatsächlich auf dem Programm stand, wie sollte er dann die Tatsache überspielen, daß er die Briefe verloren hatte?

»Woher wissen wir denn, daß die sie inzwischen nicht längst fotokopiert haben?« sagte er.

KAPITEL ZEHN

»Scheiß auf diese billigen Faxgeräte!« schimpfte Rachel mit einem kurzen Blick auf die Kopien von Andrews Briefen, die sie gemacht hatte. »Die Qualität ist furchtbar.«

Sie fuhren in Wallace' Wagen. »Aber doch lesbar, richtig?« fragte er.

Sie kicherte ironisch. »O ja, sie sind lesbar.«

»Dann los«, sagte er.

»Geben Sie eigentlich nie auf?«

»Sie wollen doch auch.«

»Okay«, sagte sie. »Aber nur ein paar Zeilen.« Und sie las vor: *»Wenn ich mit dir im Bett bin, dann ist es völlig anders als mit meiner Frau, und erheblich besser. Deine heiße Liebe erfüllt mich wie nichts anderes –«* Sie hörte auf.

»Hören Sie nicht auf!« sagte Wallace. »Ich komm gerade erst auf den Geschmack!« Die Briefe waren bislang vielleicht das Beste der ganzen Show – ganz sicher das Lehrreichste.

»Also schön«, sagte Rachel. »Aber Sie müssen versprechen, Andrew nichts davon zu erzählen.«

»Versprochen.«

»Okay. Aber nur diese eine Seite.« Ein schamhaftes Erröten unterdrückend, fuhr sie fort: *»Wenn ich dich in mir spüre, stark und hart, kommt mir alles andere in meinem Leben klein und unbedeutend vor. Von mir aus können die sich das Vaterland sonstwohin stecken. Topspion zu sein mit Lizenz zum Töten ist nichts im Vergleich zu dem Vergnügen, derjenige zu sein, der von dir, mein liebster Schatz, so richtig durchgevögelt wird...«*

Wallace prustete laut los und drückte dann sofort wie ein unartiges Kind die Hand auf den Mund.

»Kein Wunder, daß sie die zurück haben wollen!« bemerkte er trocken. »Waren Ihre Briefe von Gilbert genauso scharf wie das?«

»Nein, nicht ganz«, sagte sie, packte die Briefe und die Kopien zusammen und stopfte sie in einen Umschlag. »So«, sagte sie. »Fertig. Was machen wir jetzt?«

Es war schon wirklich erstaunlich, daß sie ihn ständig um Rat fragte!

Woher in aller Welt wußten die anderen Mitspieler vom Theater im Leben, was sie machen oder wohin sie als nächstes gehen sollten, wenn er dauernd die Entscheidungen traf? Vielleicht wurde ihre Unterhaltung abgehört. So mußte es sein. Oder vielleicht ließ sie es auch nur so aussehen, als träfe er alle Entscheidungen, während sie tatsächlich geschickt den Handlungsablauf steuerte, wenn sie an die wichtigen Stellen kamen.

»Keine Ahnung«, meinte Wallace. »Haben Sie schon zu Abend gegessen?«

»Essen?« fragte Rachel. Irgendwie erschien ihr Essen zum jetzigen Zeitpunkt nicht besonders wichtig.

»Tja, man muß essen«, sagte er. Liebend gern wollte er die klassische Szene nachspielen, in der der Agent das Mädchen in ein Nobelrestaurant ausführte.

Genau in diesem Augenblick hörten sie eine Polizeisirene näher kommen.

Wallace drehte sich zu Rachel und grinste von einem Ohr zum anderen.

»Ist das wegen uns?« fragte er aufgeregt.

Der Einbruch in das Haus hatte ihm so einen Wahnsinnskick gegeben, weil er im wirklichen Leben schon immer ziemlich unfähig gewesen war, etwas auch nur entfernt Ungesetzliches zu tun. Jetzt erschien ihm die Aussicht auf einen ausgewachsenen Zusammenstoß mit dem Gesetz, innerhalb der ungefährlichen Grenzen dieses fabelhaften Theaters im Leben, um so verführerischer. Das war nämlich der Clou beim Theater im Leben, sinnierte er: Es war wie eine Achterbahnfahrt. Je mehr man herumgewirbelt wurde und das Gefühl bekam, es müßte unweigerlich in einem Unfall enden, desto mehr genoß man es, und desto mehr hoffte man auf noch größere und noch gruseligere Schußfahrten, denn man wußte doch genau, daß man am Ende sicher auf den Schienen bleiben würde.

»Wir können es uns kaum leisten, abzuwarten und es herauszufinden, oder?« sagte Rachel. »Geben Sie Gummi, um Himmels willen!«

»Okay!« sagte Wallace.

Eine Weile sah es ganz danach aus, als könnten sie die Polizei abschütteln. Wallace' MG hatte eine phantastische Beschleunigung, und er war ein ausgezeichneter Fahrer und bot ihnen eine ordentliche Verfolgungsjagd. Doch nach ungefähr zehn Minuten Herumgerase durch die Seitenstraßen West Londons mit Vollgas und reichlich quietschenden Reifen fanden sie sich schließlich in einer Sackgasse wieder.

Wallace juchzte immer noch vor Begeisterung und hämmerte wie verrückt auf das Lenkrad, als der Polizist kam und ihn aus dem Wagen zerrte.

»Was soll das hier Ihrer Meinung nach sein, Sir?« fragte der Bulle.

»Ist schon okay, Officer – MI5!« offenbarte sich Wallace. Ohne was dagegen tun zu können, schob er noch ein nur halb unterdrücktes Prusten nach, wodurch er die Skepsis des Polizisten gegenüber seiner höchst unglaubwürdigen Behauptung noch vergrößerte.

»Macht es Ihnen etwas aus, bitte mal in diesen Beutel zu blasen, Sir?« fragte der Beamte eine Spur zu lustlos. Er hatte es schon immer für recht unangemessen gehalten, Witze zu reißen, wenn man wegen rücksichtslosen Fahrens angehalten worden war, und Wallace war nicht der erste Betrunkene, dem er begegnet war und der sich für James Bond hielt.

»Es macht mir sogar sehr viel aus«, erwiderte Wallace. »Ich bin gerade mit einer dringenden Angelegenheit beschäftigt, die von einiger Bedeutung für die nationale Sicherheit ist, und in Ihrem und meinem Interesse halte ich es daher für angebrachter, wenn Sie mich einfach weiterfahren lassen, damit ich die Sache abschließen kann.«

»Jawohl, Sir, sehr witzig, ich glaube Ihnen jedes Wort«, sagte der Polizist. »Wenn Sie jetzt bitte in diesen Beutel blasen würden? Oder möchten Sie uns lieber aufs Revier begleiten?«

»Weder noch«, sagte Wallace überheblich. »Mein Name ist Spenser, und ich besitze eine Lizenz zum Töten.«

Der Polizist seufzte.

»Dürfte ich dann bitte Ihren Ausweis sehen, Sir?« sagte er.

Wallace öffnete den Mund, doch ihm fiel nichts ein, was er darauf erwidern könnte. Bis zu diesem Punkt hatte er die Sache einfach mit Volldampf durchgezogen, die Worte purzelten ihm praktisch wie von selbst aus dem Mund, und jetzt hatte er plötzlich Mattscheibe. Was würde James Bond darauf antworten? Hatten Agenten Ausweispapiere bei sich? Er kramte in seiner Jacke und war unendlich erleichtert, als er das Zigarettenetuifunkgerät fand.

»Hier«, sagte er und gab es dem Beamten. »Das ist ein Funkgerät, mit dem Sie sich direkt mit meinem Vorgesetzten beim MI5 in Verbindung setzen können. Wenn Sie mit denen reden, werden die diese Sache aufklären.«

»O ja«, sagte der Polizist überhaupt nicht amüsiert.

»Und dürfte ich mir auch eine Zigarette nehmen, während ich mit Ihnen plaudere?« fügte er spöttisch hinzu.

»Bedienen Sie sich«, erwiderte Wallace. Wie es der Zufall so wollte, befanden sich tatsächlich einige vertrocknete Sobranies in der anderen Seite des Etuis.

Der Polizist öffnete das Etui und grunzte überrascht, als er das Innenleben sah.

»Hallo, Spenser?« meldete sich sofort eine piepsige Stimme über Funk. »Sind Sie das?«

Einen Augenblick war der Polizist zu perplex, um etwas zu sagen, und dann sagte er:

»Darf ich fragen, mit wem ich spreche?«

»Mit wem spreche ich?« antwortete die Stimme am anderen Ende gebieterisch.

Wie ein Hund, darauf abgerichtet, Autorität zu erkennen, schaltete der Polizist sofort auf einen deutlich unterwürfigeren Tonfall um, als er erwiderte:

»Hier spricht Police Constable Cochrane aus Shepherds Bush.«

»Ist das so, ja?« sagte die Funkstimme gereizt. »Schön, und hier spricht Sir John Daggenhurst vom MI5. Wie kommen Sie dazu, eines unserer Kommunikationsmittel zu benutzen?«

Der Schauspieler, der den Polizisten spielte, legte eine verdammt gute Vorstellung hin, fand Wallace. Er hatte so große Augen bekommen, daß man denken könnte, sie würden ihm jeden Moment aus dem Kopf springen.

»Äh ... also, ich habe hier einen Gentleman, der behauptet, für Sie zu arbeiten, äh ... Sir«, sagte der Polizist. »Ein gewisser Mr. Spenser. Aber er weigert sich, mir einen Ausweis zu zeigen. Da hielt ich es einfach für angebracht, seine Behauptungen nachzuprüfen, äh ... Sir.«

»Natürlich kann er Ihnen keinen Ausweis zeigen, Sie Trottel!« bellte der Chef des Secret Service aus dem Funkgerät. »Er ist ein Scheißagent! Und jetzt geben Sie ihn mir sofort, und sorgen Sie dafür, daß Sie ihn nicht weiter aufhalten, denn andernfalls erwartet Sie ein so dickes Ende, daß Ihnen Hören und Sehen vergehen wird!«

»Jawohl, Sir! Ganz wie Sie meinen, Sir!« sagte der Polizist und gab Wallace das Etui zurück. Sein gesamtes Benehmen war erheblich respektvoller geworden.

»Vielen Dank, mein guter Mann!« strahlte Wallace den Polizisten an. »Und bitte, das muß Ihnen nicht peinlich sein. Ich könnte mir vorstellen, es ist wahrscheinlich das erste Mal, daß Sie einem Agenten begegnet sind?«

»Äh, jawohl, Sir«, stammelte der Polizist und starrte auf seine Schuhe.

»Zum ersten Mal in der Oberliga?« fragte Wallace und ritt so richtig darauf herum.

»Man könnte so sagen, Sir, ja«, gestand der Bulle verlegen.

Zweifellos hätte Wallace noch eine ganze Weile so ähnlich weitergemacht, da er diese Szene mehr genoß als alle bisherigen. Doch seine Aufmerksamkeit wurde von dem gebieterischen Ton des Chefs des britischen Secret Service abgelenkt, der ihn über das kleine Funkgerät anbellte.

»Spenser! Spenser!«

»Ja, Sir«, sagte Wallace gelassen. »Tut mir leid, Sir. Der fragliche Beamte hat sich vorbehaltlos entschuldigt.« Und er legte seine Hand gerade lange genug über das Funkgerät, um ein kleines, verächtliches Lachen zu verbergen, dessen er sich wirklich nicht erwehren konnte.

»Spenser«, sagte Sir John. »Was sollte das, daß Sie Gilbert Embleton unter vorgehaltener Waffe 100 Pfund abgenommen haben? Der Mann ist ganz außer sich.«

»100 Pfund ...?« sagte Wallace. »Ach, das ... ja ... also ... ich, äh ...«

Das war passiert, bevor man ihm sagte, daß er ein richtiger Agent war! Er hatte noch geglaubt, er sei lediglich ein Killer! Es war wohl kaum fair, ihm jetzt damit zu kommen und eine Erklärung zu verlangen. Er legte wieder eine Hand über das Funkgerät und appellierte an die Schauspielerin, die die Rachel spielte.

»Warum habe ich Gilbert 100 Pfund abgeknöpft?« zischte er.

»Keine Ahnung!« zischte sie zurück.

»Na schön ...«, sagte Wallace. Dann nahm er die Hand wieder vom Funkgerät. »Es tut mir leid, Sir, ich weiß es nicht«, sagte er.

»Sie wissen es nicht?« krächzte Sir John fassungslos. »Ich denke, da müssen Sie mir schon mit etwas Besserem kommen!«

»Tjaa ...«, strampelte sich Wallace ab. »Vielleicht brauchte ich das Geld, um ... loszuziehen und ... mir ein paar ... Kugeln ... zu kaufen ...«

»Klingt sehr unvorschriftsmäßig, das muß ich schon sagen«, sagte die Stimme aus dem Funkgerät. »Aber ich fürchte, wir werden später darauf zurückkommen müssen. Im Augenblick ist wichtiger, daß Sie versuchen, einige Briefe ausfindig zu machen, die Embleton dieser Jones geschrieben hat. Warum er bis jetzt gewartet hat, uns davon zu erzählen, weiß ich nicht. Aber wie auch immer, ich habe ein paar Männer zu der Addison-Gardens-Wohnung geschickt, und sie haben sich gerade gemeldet, um zu sagen, daß sie nicht mehr dort zu sein scheinen. Wir glauben, daß der KGB sie haben muß.«

»Also, als ich dort war, habe ich tatsächlich Briefe gefunden«, sagte Wallace, »aber die sind nicht von Gilbert. Sie sind von Boris.«

»Ach, du meine Güte!« kreischte der Chef des Secret Service. »Dann hat sie sich also doch mit ihm getroffen!«

»Nein, sie sind von Boris an Andrew, ihren Mitbewohner«, sagte Wallace.

»Ihren Mitbewohner Andrew?« keuchte Sir John.

»Ja, und die müßten Sie lesen!« sagte Wallace.

KAPITEL ELF

»Entschuldigen Sie bitte, Sir«, sagte die Privatsekretärin des Chefs des britischen Secret Service. »Darf ich einen Augenblick stören?«

»Bleiben Sie einen Moment dran, Spenser«, sagte der Chef in den Hörer des Telefons, das in Funkverbindung zu dem Zigarettenetui stand. Dann wandte er sich an seine Sekretärin.

»Was gibt es denn, Miss Goldstein?«

»Ich habe den Chef des KGB auf Leitung zwei, Sir«, sagte sie. »Anscheinend sind sie im Besitz von Embletons Briefen an Rachel Jones. Sie sagen, sie wollen sie gegen Boris Blavatskys Briefe an Andrew Chilton tauschen. Sagt Ihnen das etwas?«

Der Chef des Secret Service runzelte die Stirn.

»Sie stellen ihn besser durch«, sagte er.

Wallace und der Polizeibeamte rauchten tapfer die leicht vertrockneten Sobranies, während Wallace auf Sir Johns Rückruf wartete. Dem Polizisten machte es wirklich nichts aus, daß die Zigaretten ein wenig muffig waren. Er hatte noch nie eine türkische Zigarette geraucht und genoß von daher die neue Erfahrung und das Gefühl, sich in wahrlich kultivierter Gesellschaft zu befinden.

»Und? Wie ist Ihre Arbeitszeit so?« fragte er gerade.

»Ach, eigentlich ziemlich gut«, sagte Wallace. »Wenn man an einem Job arbeitet, muß man gelegentlich Tage, ja sogar Wochen ohne Schlaf auskommen. Und natürlich ist es kein Honigschlecken. Man muß zum Beispiel auch in der Lage sein, der Folter standzuhalten. Andererseits erhält man anschließend jede Menge Freizeit, um Wasserski zu laufen, in Casinos zu gehen und solche Dinge.«

»Und die Besoldung muß doch auch recht angemessen sein«, scherzte der Constable.

»Man scheffelt das Geld nur so, mein guter Mann!« versicherte Wallace ihm. »Das ist auch der Grund, warum Agenten dem Glücksspiel verfallen. Wir haben schlicht und einfach so viel Geld, daß wir gar nicht wissen, was wir damit anstellen sollen.«

»Und natürlich gehe ich nicht davon aus, daß Sie nennenswerte Probleme mit den, äh, *Damen* haben«, raunte der Polizist mit verschwörerischer Stimme.

»Ich kann Ihnen sagen«, vertraute Wallace ihm an, »manchmal ist es wirklich peinlich. Sie werfen sich einem förmlich an den Hals!«

»Sagen Sie«, sagte der Polizist und vergewisserte sich, daß niemand sie belauschen konnte, »was ich schon immer wissen wollte – *Ist es wahr, was man über chinesische Mädchen sagt?* Ich meine, gerade Sie müssen das doch wissen.«

Wallace runzelte die Stirn. Was sagte man denn über chinesische Mädchen?

»Sie wissen schon«, sagte der Bulle mit einem lüstern anzüglichen Grinsen. »Von wegen ihrer... Sie wissen schon...«

Wallace lief puterrot an. Plötzlich war er wieder im Umkleideraum in der Schule, man redete über schmutzige Sachen, und er hatte nicht die geringste Ahnung. Es blieb ihm nichts anderes übrig, als zu raten.

»Äh... ja«, sagte er. »Ja, es ist wahr.«

Der Polizist atmete durch die Zähne aus, gab einen leisen, dankbaren Laut von sich.

»Hab's mir schon immer gedacht«, sagte er. Dann nahm

er einen tiefen Zug von seiner muffigen Sobranie und fügte hinzu: »Und? Macht es einen Unterschied?«

Wallace schluckte. Es schien keinen Ausweg zu geben. Er verfluchte sich, daß er überhaupt damit angefangen hatte, mit seinem Agentendasein zu prahlen. Glücklicherweise wurde er durch sein Zigarettenetuifunkgerät gerettet.

»Spenser«, sagte Sir John. »Ich habe gerade mit dem KGB gesprochen, und wir haben uns auf einen Austausch geeinigt. Die Embleton-Briefe gegen die Blavatsky-Briefe, in Ordnung?«

»Völlig richtig, Sir!« sagte Wallace vergnügt. Er liebte es, wie ein kleiner Zwischenfall zum nächsten führte. Man hatte überhaupt keine Chance, sich zu langweilen. Es war wirklich ausgesprochen raffiniert ausgearbeitet.

»So, und jetzt hören Sie mir genau zu«, sagte der Chef des Secret Service. »Blavatsky wird sich mit Ihnen in einer halben Stunde am Fahrkartenschalter der U-Bahnstation Holborn treffen. Schaffen Sie das?«

Die Verfolgungsjagd im Auto hatte in White City geendet.

»*Jap*«, sagte Wallace. »Kein Problem.«

»Gut«, sagte Sir John. »Und, Spenser, nehmen Sie sich vor diesem Blavatsky in acht. Wir vermuten, daß er es war, der Ponsonby letzte Woche in Helsinki enthauptet hat.«

»Machen Sie sich um mich keine Sorgen, Sir«, sagte Wallace. »Wäre es einfacher, wenn ich ihn einfach erschieße und die Briefe an mich *nehme*?«

»Vorsicht, alter Freund!« sagte der Chef. »Versuchen wir lieber, fürs erste die Zahl der Toten so niedrig wie möglich zu halten.«

»Alles, was Sie sagen, Sir«, sagte Wallace doch ein wenig enttäuscht. »Falls er aber irgendeine krumme Tour versucht, gehe ich natürlich davon aus, daß ich Ihre Erlaubnis habe –«

»Ach, das ist doch selbstverständlich«, sagte Sir John.

»Genau. Seinen häßlichen russischen Wanst mit Blei vollzupumpen«, sagte Wallace begeistert.

»Ja, nun, genug geplaudert, Spenser«, sagte der Chef des Secret Service. »Ich denke, Sie sollten sich jetzt besser auf den Weg machen.«

»Mein Arsch ist Geschichte, Sir!« schrie Wallace. »Over and out!« Und er klappte das Zigarettenetui forsch zu.

»Kommen Sie!« rief er Rachel zu. »Wir fahren ins West End!«

»Warum?« fragte sie verdutzt.

»Wir gehen ein bißchen shoppen!« sagte Wallace.

»Um diese nachtschlafende Zeit?« fragte sie.

»Ich erkläre Ihnen gleich alles. Wir haben eine Verabredung.«

Wallace war sich ziemlich sicher, daß sich das Theater im Leben nun auf den Höhepunkt der Inszenierung vorbereitete, und er hatte das ziemlich klare Gefühl, daß er die Chance bekommen würde, ein paar Schuß auf einen dieser nervtötenden Russkies abzufeuern!

Mit einem unübersehbaren Federn im Gang hüpfte er wieder in seinen schicken schwarzen MG.

Sir John Daggenhursts Privatsekretärin Miss Goldstein, eine Dame in gewissem Alter, war unermüdlich tüchtig und loyal bis zur Unterwürfigkeit. Ihre Form der Selbstdarstellung war Glamour der alten Schule, und ihre aufgetürmte Frisur ähnelte bei grellen Lichtverhältnissen manchmal einer Perücke, sofern es nicht tatsächlich eine war.

»Sir John?« sagte sie. »Ich habe einen Newman auf Leitung eins. Er ruft aus der Wohnung Addison Gardens an. Er sagt...« Ihre Stimme verlor sich, sie konnte es einfach nicht aussprechen.

»Ja?« sagte Sir John. »Nun, spucken Sie's aus!«

Die Stimme der Sekretärin bebte vor Erregung.

»Er sagt ... Spenser ist ... tot!« platzte sie heraus.

Sie war seit Jahren in Spenser verliebt, hatte aber nie gewagt, es ihm zu gestehen.

»Tot?« keuchte der Chef. Dann dachte er einen Augenblick nach und fügte hinzu: »Seit wann?«

»Seit wann?« sagte die Sekretärin ins Telefon.

In Rachels Schlafzimmer in Addison Gardens befühlte einer der beiden blonden Männer in den Seemannspullovern die Leiche, um ihre Temperatur zu bestimmen, wandte sich dann dem anderen zu und sagte:

»Ungefähr seit einer Stunde, würde ich sagen. Warm, aber nicht frisch.«

»Ungefähr eine Stunde«, sagte der zweite in ein Funkgerät.

»Warm, aber nicht frisch«, sagte die Privatsekretärin des Chefs des britischen Secret Service, »seit ungefähr einer Stunde.« Dann brach sie in Tränen aus. Sie konnte sich nicht mehr beherrschen.

»Na, na, Anthea«, sagte die Nummer Zwei des Secret Service. »Er war nicht gut genug für Sie. Weinen Sie nicht. Soll ich Ihnen eine Tasse Tee machen?«

»Oh, vielen Dank«, sagte Miss Goldstein. »Das ist sehr freundlich von Ihnen. Bitte verzeihen Sie mir. Natürlich wußte ich, daß es eines Tages so kommen mußte. Aber auf solche Dinge kann man sich nie wirklich vorbereiten, nicht wahr?« Und dann brach sie in einen neuen Sturzbach Tränen aus, diesmal unbezähmbarer als zuvor.

Nummer Zwei rief über die Gegensprechanlage seine eigene Sekretärin.

»Miss McGrandal«, sagte er. »Könnten Sie bitte hereinkommen?«

Der Chef des britischen Secret Service erhob sich und nahm der gramgebeugten Privatsekretärin den Hörer aus der Hand.

»Hallo, Newman?« bellte er. »Was soll das jetzt wieder, daß Spenser tot ist?«

»Wir haben die Leiche hier vor uns, Sir«, sagte Newman. »Kugel mitten durchs Herz. Muß vor ungefähr einer Stunde passiert sein, denn besonders warm ist er nicht mehr.«

Miss McGrendal kam herein.

»Ja, Sir?« fragte sie.

»Machen Sie Miss Goldstein doch bitte eine Tasse Tee, ja?« sagte die Nummer Zwei. »Sie ist recht enerviert.« Dann fügte er mit diskret gesenkter Stimme hinzu: »Wir haben Spenser verloren.«

Miss McGrandal wußte, daß Miss Goldstein in Spenser verliebt gewesen war; sie hatten auf der Damentoilette, weit fort von den gestrengen Ohren ihrer männlichen Chefs, oft darüber gesprochen, nur halb im Scherz. Jetzt begleitete sie ihre Arbeitskollegin liebevoll aus dem Büro und raunte kleine philosophische Worte des Trostes in ihr Ohr.

»Sie waren viel zu gut für ihn . . .«, sagte sie, als sie den Raum verließen.

»Wenn Spenser schon seit einer Stunde tot ist«, sagte der Chef des britischen Secret Service, »wer zum Teufel war dann am anderen Ende des Funkgeräts?«

Miss Goldstein und Miss McGrandal hatten sich auf die Damentoilette zurückgezogen. Die Wahrheit war, daß Miss McGrandal ebenfalls in Spenser verliebt gewesen war. Nun hatten sich beide ihrer Trauer ergeben, saßen Seite an Seite vor dem Schminktisch aus Mahagoni und Gold und weinten sich die Augen aus.

»Spensers Funk ist tot, Sir«, sagte die Nummer Zwei. Er war ein großer Mann mit einem kupferroten Schnurrbart, dessen Gesichtszüge sich über die Jahre zu einem Ausdruck des ständigen Bedauerns verformt hatten. Sein Name war Hawkins.

»Verdammt!« sagte Sir John. »Er kann ja wohl kaum die U-Bahn genommen haben, oder? Für wen zum Teufel arbeitet er? Das wüßte ich jetzt mal gern.«

»Für den KGB?« schlug sein Kollege vor.

»Wenn er beim KGB ist, warum dann diese ausgeklügelte Charade?« fragte Sir John. »Es macht doch keinen Sinn, daß er die Dokumente mit seinen eigenen Leuten austauscht, oder? Nein, ich denke, wir müssen der Möglichkeit ins Auge sehen, daß wer immer es nun ist für eine völlig unabhängige Organisation arbeitet.«

»Die Presse?« deutete Hawkins an.

»Ich glaube wirklich nicht, daß die Presse es wagen würde«, sagte der Chef des Secret Service. »Wer immer es ist, er muß Nerven aus Stahl haben.«

KAPITEL ZWÖLF

Wallace bekam von Hawkins' Versuchen, sich mit ihm über Funk in Verbindung zu setzen, nichts mit, weil sich das Etui in seiner Jacke befand, die wiederum auf der Rückbank des MG lag, und sie hatten das Dach geöffnet, und der CD-Player spielte voll aufgedreht bierseligen Rock 'n' Roll.

»Darf ich Ihnen eine Frage stellen?« sagte Wallace zu Rachel, als sie die Bayswater Road Richtung Holborn hinunterfuhren.

»Schießen Sie los«, sagte sie.

»Tjaa . . .«, machte Wallace – und zögerte beklommen. Ob er sie wohl überreden könnte, nur einen Augenblick das Skript zu vergessen? Aber er wollte sie so vieles fragen! Er drehte die Lautstärke der Anlage eine Idee runter.

»Also, was ich gern wissen würde . . . Was wäre passiert, wenn wir echten Polizisten begegnet wären?«

Sie sah ihn verständnislos an.

»*Echten* Polizisten?« wiederholte sie.

»Ja!« sagte Wallace. Er sah, daß er sie würde zwingen müssen, Tacheles zu reden.

»Polizisten, die nicht zum Theater im Leben gehören«, sagte er.

Sie wahrte immer noch den Schein völliger Ahnungslosigkeit.

»Ich verstehe das immer noch nicht ganz«, sagte sie. »Was genau meinen Sie mit *die nicht* zum Theater im Leben gehören?«

Wallace lachte und schaute fort. Es war absolut nicht drin, daß diese Typen auch nur eine Sekunde ihre Rollen verließen, solange die Show dauerte, was? Tja, das war nur recht und billig, nahm er an. In einem normalen Theaterstück würden sie's ja schließlich auch nicht tun, oder? Und, wirklich, bei dieser fabelhaften Aufführung des Theaters im Leben war es noch erheblich wichtiger, daß sie darauf bestanden, ihren Rollen gemäß zu handeln, denn sie verfügten ja schließlich nicht über die zusätzliche Unterstützung durch Beleuchtung und Bühnentechnik und all diese Dingen.

»Sie haben gewonnen!« sagte er, nahm einen Moment die Hände vom Steuer und hob sie kapitulierend.

Sie fuhren weiter.

Plötzlich spürte Wallace eine weitere verbotene Frage in sich aufsteigen. Er konnte sie nicht für sich behalten. Sie war so schön, so kultiviert, so perfekt, er mußte es einfach sagen –

»Warum sind Sie Schauspielerin geworden?« fragte er.

Sie sah ihn scharf an. Machte er sich über sie lustig? War er vielleicht ein bißchen verrückt? Oder war es vielmehr, daß diese alte Redensart stimmte – daß der Unterschied zwischen einem Irren und einem Genie kaum wahrnehmbar ist?

»Ich bin keine Schauspielerin, Spenser«, sagte sie langsam und deutlich.

»Okay. Okay. Sie sind keine Schauspielerin«, sagte Wallace und schenkte ihr einen kleinen, gewinnenden Blick unter hochgezogenen Augenbrauen, woraufhin sie ihm hoffentlich seine Dummheit verzieh. »Okay?«

»Okay«, sagte sie.

Wenigstens verstanden sie sich jetzt, dachte er. Er würde es nicht wieder erwähnen.

Nach einer Weile fragte Wallace unverbindlich: »Haben Sie einen ... Beruf? ... Irgendeinen?«

Sie hatte recht – es machte erheblich mehr Spaß, sich

ans Skript zu halten. Denn jetzt konnte er sie damit quälen, ein Edelcallgirl zu sein.

»Ich bin Musikerin«, sagte sie prüde. »Ich spiele Cello.«

Was für ein reizender Einfall! Als echtes Spitzencallgirl mußte man offensichtlich zur Tarnung irgendeinen anständigen Beruf vorweisen können. Wie konnten sich Botschafter und Leute sonst erlauben, mit ihr in der Öffentlichkeit gesehen zu werden?

»Spielen Sie in einem Orchester?« erkundigte sich Wallace gackernd. »Oder geben Sie ausschließlich ... Privatvorstellungen?«

»Ja, ich spiele tatsächlich in einem Orchester!« sagte Rachel ein wenig eingeschnappt bei dem Gedanken, daß er sie womöglich nicht ernst nahm. »Im Royal Philharmonic. Irgendwas dagegen?«

»Nein! ... Ganz und gar nicht«, sagte Wallace. »Überhaupt nicht.« Und er zog bei geschlossenem Mund sein Kinn nach unten, um sich das Grinsen aus dem Gesicht zu nehmen. »Ich würde Sie eines Tages gern mal, äh, *spielen* hören«, fügte er hinzu und unterdrückte ein weiteres Prusten. »Echt.«

In einer kleinen Seitenstraße in Holborn saß Boris Blavatsky in seinem Auto und schraubte einen Schalldämpfer auf seine Kanone. In seiner Begleitung befanden sich zwei weitere bösartig aussehende Sowjets.

Boris war das Herz in die Hose gerutscht, als sein Chef im Spionagering ihm mitgeteilt hatte, daß der Plan, die beiden Briefpakete auszutauschen, durchgeführt werden sollte. Allerdings hatte er es immer noch nicht über sich gebracht zuzugeben, daß ihm die Embleton-Briefe abhanden gekommen waren. Er hatte für sich den Entschluß gefaßt, den britischen Agenten zu überwältigen, wenn sie sich trafen, und ihn zu zwingen, seine eigenen Briefe an

Andrew Chilton herauszurücken. Oder vielleicht sollte er den Agenten ohne langes Fackeln einfach umbringen. Endgültig hatte er sich noch nicht entschieden. Doch das war eine der guten Seiten, wenn man ein Topspion war. Man konnte mehr oder weniger tun und lassen, was man wollte, denn für die Vorgesetzten war es hinterher immer ausgesprochen schwierig, mit Sicherheit zu sagen, was nun tatsächlich passiert war. Er wußte, daß ihm die beiden Männer, mit denen er bei diesem Auftrag zusammenarbeitete, den Rücken freihalten würden.

Der auf dem Sitz direkt neben ihm sprach jetzt über Funk mit dem Chef des sowjetischen Spionagerings in London.

»Wie erkennen wir ihn?« fragte er (auf russisch).

»Es ist Spenser«, sagte der Chef des sowjetischen Spionagerings (auf russisch). »Ihr kennt ihn.«

»Er sagt, es ist Spenser«, wiederholte Boris' Kamerad laut.

»Aber ich hab Spenser doch vor einer Stunde umgelegt!« sagte Boris.

Der Mann sprach wieder ins Funkgerät.

»Boris sagt, er hat Spenser vor einer Stunde umgelegt.«

Der Chef des sowjetischen Spionagerings schwieg einen Moment.

»Du mußt einen Doppelgänger umgelegt haben«, sagte er schließlich in das Telefon, das mit dem Funkgerät verbunden war.

»Er sagt, du mußt einen Doppelgänger umgelegt haben«, sagte Boris' Kamerad.

»Soll das heißen, es ist so was wie eine Falle?« fragte Boris.

Boris' Kamerad sprach wieder in sein Funkgerät.

»Boris sagt, soll das heißen, es ist so was wie eine Falle?« fragte er.

»Wartet einen Moment«, sagte der Chef des sowjetischen Spionagerings.

Dann wandte er sich an den zweiten Mann des sowjetischen Spionagerings. »Hol mir Daggenhurst ans rote Telefon«, sagte er. »... und zwar ein bißchen zackig!«

Dann sprach er in den Hörer. »Sag Boris, ich prüfe das nach«, sagte er.

»Er sagt, er prüft es nach«, sagte Boris' Kamerad, während sie weiter im Wagen saßen.

»Entschuldigen Sie, Sir John«, sagte die Aushilfsprivatsekretärin des Chefs des britischen Secret Service (eine Miss McGrandal mit stark geröteten Augen), »ich habe den KGB auf Leitung zwei. Sie wollen wissen, warum wir ihnen gesagt haben, daß wir Spenser schicken, wo wir doch inzwischen genau wissen müßten, daß sie ihn erschossen haben?«

»Das ist alles entsetzlich peinlich!« sagte der Chef des Secret Service.

»Sollten wir das Treffen nicht besser abblasen, Sir?« sagte die Nummer Zwei des britischen Geheimdienstes.

»Genau *das* will ich eben *nicht*«, sagte Sir John. »Newman und Wilkie sind bereits unterwegs, um denjenigen abzufangen, der sich als Spenser ausgibt. Ich weiß nicht. Meinen Sie, dieser Schwindler wird als Spenser verkleidet sein?«

»Das würde ich mal annehmen, Sir«, sagte die Nummer Zwei. »Wie sollte er andernfalls auch nur hoffen können, die Sache durchzuziehen?«

»Also gut, sagen Sie dem KGB, sie hätten einen Doppelgänger erschossen, und wir würden jetzt den echten Spenser schicken. Wir brauchen diese Briefe, gottverdammt!«

»Was ist, wenn seine Verkleidung nicht gut genug ist?« fragte sein Kollege.

»Ich fürchte, das ist ein Risiko, das wir einfach eingehen müssen. Wenn wir das Treffen jetzt absagen, werden die Sowjets doch denken, wir hätten etwas vor, und dann bekommen wir diese verfluchten Briefe womöglich nie. Und bevor wir uns versehen, haben wir wieder die Presse auf dem Hals. Ich will doch meinen, wenn er es geschafft hat, *so* weit zu kommen, wer immer es nun ist, dann muß er sich auch eine ziemlich überzeugende Verkleidung ausgedacht haben.«

»Also gut, Sir«, sagte die Nummer Zwei, »dann werde ich ihnen sagen, daß sie einen Doppelgänger erschossen haben.«

»Also gut«, sagte der Chef des sowjetischen Spionagerings in London zum zweiten Mann des britischen Secret Service am anderen Ende der Leitung, »ich werde es ihm sagen. Ja. Und Ihnen auch. Goodbye.«

Dann sprach er in den Hörer, den er in der anderen Hand hielt.

»Sag ihm, er hat einen Doppelgänger erschossen«, sagte er.

»Du hast einen Doppelgänger erschossen«, sagte der Agent, der neben Boris im Wagen saß.

»Für mich hat er wie Spenser ausgesehen«, sagte Boris ruhig. Er zog es vor, das Warum und Weshalb der ganzen Sache nicht zu genau in Frage zu stellen. Er konnte es sich nicht leisten. Zum Teufel auch, dachte er, wahrscheinlich würden sie ihn so oder so schon bald in den Ruhestand schicken. Und aller Wahrscheinlichkeit nach würde er seinen Ruhestand umgeben von massivem Beton im Fundament eines Schickimicki-Neubaus in den Docklands verbringen oder aber in Form einer Würstchenkette auf dem Grill irgendeiner Hausfrau.

Zum Teufel auch.

»Ich werde ihn in ein Gespräch verwickeln, und ihr überrumpelt ihn«, sagte Boris (auf russisch). »Alles klar?«

»Du kannst dich auf uns verlassen, Boris«, erwiderten sie in den angenehm kehligen Vokallauten ihrer Muttersprache.

Boris polierte seine Kanone. Irgendwo in seinem Hinterkopf lauerte die Gewißheit, daß er diesen Mann würde umbringen müssen, wer immer es nun war.

»Ich glaube, wir sind ein bißchen früh dran«, meinte Wallace, als sie in der U-Bahnstation Holborn eintrafen. »Was dagegen, wenn ich mal kurz telefoniere?«

»Aber machen Sie schnell, Spenser«, sagte Rachel. »Die ganze Sache ist mir nicht geheuer. Was ist, wenn es eine Falle ist?«

»Vertrauen Sie mir«, sagte Wallace und nutzte die Gelegenheit, ihre Schulter zu ergreifen und ihr sehr ernst in die Augen zu schauen. »Es stimmt schon, daß wir in ernster Gefahr schweben«, sagte er ihr sanft, »aber Sie müssen mir vertrauen, wenn ich Ihnen sage, daß ich genau weiß, was ich tue. Okay?«

»Okay«, sagte sie ein wenig beruhigt. Es war schwierig, nicht daran zu glauben, daß alles irgendwie schon wieder in Ordnung käme, wenn man mit Spenser zusammen war. Er war sicherlich ein komischer Kauz und hatte einen verrückten Humor, aber er war auch so locker, so zuversichtlich! Er war einer dieser Menschen, bei denen man instinktiv das Gefühl hatte, sie wären unsterblich. Wahrscheinlich gewinnt er auch beim Roulette, dachte sie amüsiert.

»Ich habe eine Idee«, sagte sie. »Warum schicke ich die Kopien von Boris' Briefen nicht mit der Post, falls das hier eine Falle ist? So haben wir immer eine Art Rückversicherung.«

»Mit der Post schicken?« sagte Wallace. »Ja, wohin denn?«

»Egal«, erwiderte sie. »An meine Adresse vielleicht oder an die meiner Mutter – nur damit sie sicher sind. Haben wir noch etwas Zeit?«

»Ungefähr fünf Minuten«, sagte Wallace vergnügt. Ihm war schon klar, daß ihre Idee eingebaut worden war, um den Plot zu komplizieren. Das Tolle daran aber war, daß er nicht erkennen konnte, wie das geschehen sollte. »Haben Sie Briefmarken dabei?« fragte er.

Natürlich hatte sie!

»Bleiben Sie nicht zu lange!« rief er ihr noch nach, als sie den Bahnhof verließ.

»Zwei Minuten!« rief sie zurück.

Wallace ging zu einer Telefonzelle und rief seinen Bruder an. Es würde bestimmt Spaß machen, gleich eine Szene mit diesem Boris zu spielen. Vielleicht konnte er ihn ein bißchen damit quälen, daß er schwul war.

KAPITEL DREIZEHN

Wallace' Bruder arbeitete nach dem Abendessen noch ein bißchen an seinem Computer, als das Telefon läutete.

»Jim? Hi! Ich bin's! Wallace!«

»He, Wallaby!« sagte er. »Gib mir einen Fortsetzungsbericht!«

»Ich weiß kaum, womit ich anfangen soll«, sagte Wallace. »Der Plot ist geradezu lächerlich kompliziert, aber das Raffinierte daran ist, daß nie der Dampf auszugehen scheint. Eins führt einfach zum anderen. Alles ist schrecklich überzeugend. An welchem Punkt war ich, als ich das letzte Mal mit dir gesprochen habe?«

»Du hattest ein wunderschönes Callgirl in deiner Wohnung, und du bist richtig in Fahrt gekommen«, sagte sein Bruder. »Ich hoffe nur, du hast dich nicht blamiert.«

»Natürlich habe ich das nicht«, sagte Wallace. »Aber seitdem ist unheimlich viel passiert. Wie sich herausstellt, bin ich nicht einfach nur ein Killer, sondern eher so was wie ein James-Bond-Typ. Die haben mir sogar so ein kleines Funkgerät, getarnt als Zigarettenetui, gegeben. Die ganze Sache ist einfach nur erstaunlich. Es geht um Spione und Skandale und KGB-Agenten und was weiß ich nicht alles. Da ist zum Beispiel so ein großartiger Schauspieler am anderen Ende meines Funkgeräts, der sich aber auch haargenau anhört wie so ein schroffer alter Furz vom MI5, und dann bin ich in eine Szene mit einem Polizisten geschlittert, nachdem er versucht hat, mich wegen Geschwindigkeitsüberschreitung dranzukriegen –«

»Langsam!« sagte Wallace' Bruder. »Dann hast du also

eine Verfolgungsjagd im Auto gemacht? Ich hab davon gehört, daß die so was bieten.«

»Ja, und es war faszinierend«, sagte Wallace. »Was ich aber nicht so ganz verstehe, ist, was passiert, wenn man es mit echten Bullen zu tun kriegt? Können die einen nicht wegen Geschwindigkeitsüberschreitung verknacken?«

»Das hab ich mich auch gerade gefragt«, sagte sein Bruder. »Vielleicht übernimmt das Theater im Leben bei solchen Dingen einfach jede Verantwortung. Die müssen gut versichert sein.«

Boris Blavatsky lud seine Kanone durch und ging in die U-Bahnstation hinab. Dort unten waren nur drei Leute, und Spenser konnte er nirgends ausmachen. In einer Telefonzelle stand ein Bursche in schwarzen Klamotten und mit einer Ray Ban auf der Nase, ein bißchen wie Spensers Kluft. Der Typ schwatzte und lachte am Telefon. Es kam Boris in den Sinn, daß dies der Mann sein *könnte*, falls der britische Secret Service gelogen hatte und Spenser tot war und sie einen Doppelgänger geschickt hatten ... Aber, nein, das konnte nicht sein ... Er sah Spenser überhaupt nicht ähnlich, und außerdem, wenn er der Mann war, was wollte er dann damit erreichen, wenn er so tat, als sei er in ein ausgesprochen amüsantes Schwätzchen vertieft?

Wer immer hier aufkreuzen sollte, er kam zu spät.

Wallace' Bruder hatte sich den Hörer zwischen Kopf und Schulter geklemmt und knackte eine Dose Bier, während er dem aufgeregten Geplapper seines Bruders zuhörte. Er hatte den Eindruck, daß die fünfzig Mäuse für das Ticket eine vernünftige Ausgabe gewesen waren. Wallace war Gefahr gelaufen, viel zu introvertiert zu werden, und es sah ganz so aus, als habe ihn diese Theater-im-Leben-Einlage irrsinnig locker gemacht. »Hör zu, Jim«, sagte Wallace gerade. »Ich muß jetzt Schluß machen. Genaugenommen bin ich für meine nächste Szene bereits zu spät, aber ich wollte dich nur fragen, ob es dir gelungen ist herauszufinden, wie lange die Vorstellungen dauern. Wäre wirklich gut zu wissen. Ich meine, hab ich gerade mal die Hälfte hinter mir, oder ist es fast vorbei?«

»Tut mir leid, ich hätte die Veranstalter anrufen sollen«, sagte sein Bruder. »Wenn du noch eine Sekunde dranbleibst, kann ich sie sofort auf der anderen Leitung anrufen. Kannst du noch warten?«

»Tja, ich glaub schon. Wenn du dich beeilst«, sagte Wallace.

»Okay, bleib dran«, sagte Wallace' Bruder.

Während er den Hörer ans Ohr gedrückt hielt, drehte Wallace sich um. Er wollte nachsehen, ob dieser Boris bereits eingetroffen war. Auf der anderen Seite des Bahnhofs stand ein Mann, der haargenau so aussah, wie er es von einem sowjetischen Spion erwartet hätte. War er der Schauspieler? Wallace sah ihn unsicher an. Der Mann schien in seine Richtung zu sehen. Das mußte Boris sein! Wallace winkte kurz und grinste fröhlich, um zu erkennen zu geben, daß er tatsächlich Boris' Kontaktmann war. Dann wartete er darauf, daß sein Bruder wieder ans Telefon kam.

Boris Blavatsky runzelte die Stirn. Er konnte nicht glauben, daß die Briten ihn für so dumm hielten, diesen Mann mit Spenser zu verwechseln. Und wieso grinste der Kerl und winkte ihm wie ein Schwachsinniger zu? Versuchte er vielleicht, ihn auf eine subtile Art zu zermürben? Er gab seinen beiden Kollegen, die in der hinteren Ecke des Bahnhofs lungerten, ein dezentes Handzeichen, um ihnen zu signalisieren, daß dies ihr Mann war.

Aber die ganze Sache gefiel ihm überhaupt nicht.

»Hallo? Theater im Leben.« meldete sich die Stimme am anderen Ende von Jim Ritchies zweiter Leitung.

»Oh, hallo, guten Abend«, sagte Wallace' Bruder. »Ich rufe nur kurz an, um mich nach Ihren Vorstellungen zu erkundigen ...«

»Gewiß, Sir«, sagte die Stimme. »Was möchten Sie denn gern wissen?«

»Also, ich habe mich gefragt, wie lange diese Vorstellungen denn so dauern?« sagte Jim.

»Die Standardshow für 50 Pfund oder die gehobene Version für 100 Pfund?« fragte die Stimme.

Wallace' Bruder war tief beeindruckt. Ihm war nicht klar gewesen, daß sie auch eine gehobene Version im Programm hatten! Wenn die Aufführung, an der Wallace gerade teilnahm, der Standard war, was zum Teufel boten sie dann erst bei der anderen? Aber weitere Einzelheiten darüber konnte er auch später noch in Erfahrung bringen.

»Äh, die Standardversion, äh, die für 50 Pfund«, sagte er.

»Die dauert etwa zweieinhalb Stunden«, sagte die Stimme. »Je nachdem, wie sich die Improvisation entwickelt. Wie Sie sich sicher vorstellen können, muß die Zeitspanne ein wenig flexibel gehalten werden. Darf ich Ihre Reservierung für eine Vorstellung annehmen?«

»Beeil dich!« sagte Wallace auf der anderen Leitung. »Ich verpasse sonst noch meine Szene!«

»Könnten Sie bitte noch eine Sekunde dranbleiben?« sagte er zum Theater im Leben. Dann sagte er in den anderen Hörer: »Wallace? Sie sagen, ungefähr zweieinhalb Stunden. Okay?«

»Danke«, sagte Wallace. »Ich muß jetzt flitzen!«

Und er legte auf.

»Hallo?« sagte Wallace' Bruder in das andere Telefon. »Tut mir leid. Nein, ich möchte nicht reservieren, aber –«

»Entschuldigen Sie bitte, Sir«, unterbrach die Stimme. »Aber habe ich gerade richtig gehört, wie Sie Wallace sagten?«

»Ja«, sagte Wallace' Bruder. »Warum?«

»Äh ...«, machte die Stimme. Dann folgte Stille.

»Warum? Ist irgendwas nicht in Ordnung?« fragte Jim.

»Äh ... Haben Sie da gerade mit Wallace *Ritchie* gesprochen?« fragte die Stimme.

»Ja«, sagte Wallace' Bruder. »Warum?«

Totenstille.

»Also, vielleicht können Sie uns helfen, Sir«, sagte die Stimme vom Theater im Leben schließlich. »Mr. Ritchie hat seinen Termin mit uns nicht eingehalten.«

»Was meinen Sie damit?« sagte Jim Ritchie. »Ist er denn nicht zu der Adresse Addison Gardens gekommen?«

Wieder Schweigen.

»Äh ... wir haben ihn nicht in die Addison Gardens geschickt. Nach seinem ersten Anruf haben wir nicht mehr mit Mr. Ritchie gesprochen.«

»Aber ich war doch dabei!« sagte Wallace' Bruder. »In der Telefonzelle an der Ladbroke Grove ... um acht Uhr ...«

»Wir haben angerufen, Sir, aber wir haben nicht mit Mr. Ritchie gesprochen. Wir hatten einen anderen Gentleman am Apparat, der aber sofort aufgelegt hat. Da muß wohl irgend etwas schiefgelaufen sein. Könnten Sie sich mit Mr. Ritchie in Verbindung setzen? Wir haben es bereits unter seiner Privatnummer versucht, aber –«

Jim ließ den Hörer fallen, fühlte sich ein wenig benommen und starrte ausdruckslos vor sich ins Nichts. Als er dann wieder zu sich kam, stürzte er sich auf den anderen Hörer, auch wenn der schon einige Zeit wieder auf der Gabel lag, und brüllte sinnlos hinein:

»*Wallace ...?*«

Als sie das Päckchen mit den Kopien der Briefe in einen Briefkasten nur wenige Meter vom Eingang des U-Bahnhofs entfernt einwarf, meinte Rachel, einen erstickten Schrei vom Fahrkartenschalter unten zu vernehmen. Dann hörte sie lautes Gebrüll.

Sie rannte die Treppe hinunter, um dann festzustellen, daß dort unten inzwischen ein ziemliches Spektakel ausgebrochen war. Die beiden blonden Männer mit den blauen Seemannspullovern, die sie erst kurz zuvor beim Durchwühlen ihrer Wohnung beobachtet hatte, lagen in Blutlachen auf dem Boden. Wallace war nirgendwo zu sehen. An der Stelle, wo er gestanden hatte, lag ein Schlüsselbund, das sie als seines erkannte.

In einer Mischung aus panischer Angst und Besorgnis stöhnte sie unwillkürlich auf. Dann sah sie genau gegenüber auf der anderen Seite der Fahrkartenhalle einen zweiten Ausgang zur Straße. Sie hob Wallace' Schlüssel auf, rannte den Ausgang hinauf und kam gerade noch rechtzeitig, um zu sehen, wie Wallace in ein Auto verfrachtet wurde, das daraufhin sofort losfuhr.

Sie lief zu Wallace' MG zurück, der ganz in der Nähe stand, sprang hinein und nahm die Verfolgung auf.

Wallace saß eingezwängt zwischen zwei strammen KGB-Agenten und wurde zu ihrem Geheimversteck gebracht, wo ihn Verhör und – wer konnte es schon sagen? – vielleicht sogar ein bißchen Folter erwartete.

Er grinste von einem Ohr zum anderen.

KAPITEL VIERZEHN

Während Wallace' Bruder Jim quer durch London fuhr, zermarterte er sich das Hirn bei dem Versuch, sich an die Adresse zu erinnern, zu der Wallace nach diesem verhängnisvollen Anruf in der Telefonzelle an der Ladbroke Grove gefahren war.

»Addison Gardens 13«, sagte er laut. »Addison Gardens 26. Addison Gardens 39.«

Aber nichts davon klang richtig. Was für eine Hausnummer war es noch gewesen? Frustriert schlug er auf das Lenkrad ein.

»Scheiße!« zischte er.

»Ich sage gar nichts!« sagte Wallace nur so zum Spaß, während der KGB-Wagen durch die dunklen Londoner Straßen raste.

Seine Begleiter schwiegen verbissen.

»Ich kann Ihnen ruhig jetzt schon sagen, daß ich ausgebildet worden bin, jeder Form von Folter standzuhalten. Wahrscheinlich sind Sie sich weiterhin bewußt, daß ich einen schwarzen Gürtel habe und darüber hinaus selbstverständlich auch eine Lizenz zum Töten besitze, von Ihrer Majestät höchstpersönlich unterzeichnet – die zu benutzen ich im übrigen auch nicht zögern werde, sollte einer von euch nervtötenden Russkies mir das Leben schwermachen wollen.«

Es folgte ein weiteres steinernes Schweigen. Wallace unterdrückte mit einem Grunzen ein aufsteigendes Kichern.

Dann zog er über Boris her. Er konnte einfach nicht widerstehen. »He, Boris«, sagte er und beugte sich vor, um sein Gesicht dicht an Blavatsky zu schieben, »wenn das hier alles vorbei ist, vielleicht könnte ich dich dann mal abends zum Tanzen ausführen ...«

Boris funkelte ihn wütend an, blieb aber völlig cool.

»Natürlich mußt du mich führen lassen«, fügte er mit einem dreckigen kleinen Lachen hinzu.

»Ganz schön von sich eingenommen, was, Mr.... äh ...«, sagte Boris drohend.

»Spenser«, sagte Wallace. »Freut mich, Sie kennenzulernen.«

»Sie sind nicht Spenser«, sagte Boris.

Wallace war aufrichtig überrascht.

»Bin ich nicht?« sagte er und hob die Augenbrauen. »Wer bin ich denn dann?«

»Warum erzählen Sie uns das nicht?« sagte Boris.

»Verdammt! Verdammt! Verdammt!« schimpfte der Chef des britischen Secret Service, als er hörte, daß Newman und Wilkie tot waren. Dann kam ihm ein Gedanke.

»Gab es irgendwelche Augenzeugen?« fragte er.

»Wie es aussieht, Sir«, sagte die Nummer Zwei, »wurde dieser Mann, der sich als Spenser ausgibt, von den Killern mitgenommen.«

»Und die Boris-Blavatsky-Briefe natürlich auch«, fügte Sir John hinzu.

»Davon müssen wir wohl ausgehen«, sagte sein Kollege mit einem schmerzerfüllten Seufzer.

Der Chef des Secret Service trat ans Fenster und schaute auf die nächtliche Londoner Skyline hinaus.

»Womit wir uns nicht gerade in einer besonders starken Verhandlungsposition befinden, nicht wahr?« grübelte er laut.

Als Jim Ritchie in die Addison Gardens einbog, schlug er triumphierend auf sein Lenkrad. Es war ihm wieder eingefallen.

»Addison Gardens 52!« sagte er laut. »Natürlich.«

Er hielt vor dem Haus und brummte vor sich hin: »Irgendwas mit einer Seitengasse. Nimm die Hintertür, haben die gesagt.«

Die Hintertür war nicht abgeschlossen, genau wie zu dem Zeitpunkt, als Wallace früher dorthin gekommen war. Jim drückte die Tür auf und betrat vorsichtig das Haus.

Inzwischen herrschte in der Wohnung ein ziemliches Durcheinander. Die Schreibtischschubladen lagen auf dem Boden, und überall waren Papiere und Unterlagen verstreut. Nachdem er mit einem kurzen Blick festgestellt hatte, daß im Erdgeschoß niemand war, faßte Jim Mut und ging die Treppe hinauf. Er war noch nie in das Haus wildfremder Menschen eingedrungen, und natürlich verfügte er auch nicht wie Wallace über den dämpfenden Irrglauben, daß eine Gruppe frischer, junger Theaterkids die Situation voll unter Kontrolle hatte. Mit einem Wort – er war ein wenig nervös.

Zunächst kam er in Rachels Zimmer. Die Tür stand offen. Spensers Leiche war inzwischen entfernt worden, aber der Sessel, auf dem er gesessen hatte, war blutdurchtränkt, und in der Wand darüber steckte immer noch eine Kugel. Jims Besorgnis über das Wohlergehen seines Bruders nahm rapide zu.

Weiter den Flur hinunter befand sich ein zweites Schlafzimmer. Er drückte die Tür auf.

Ein gutaussehender, sportlich wirkender junger Mann saß auf der Bettkante und hatte den Kopf in seine Hände gestützt. Er trug eine zerrissene alte Jeans und ein ärmelloses Trikot, auf das über einer dezent erotischen Zeichnung eines die Muskeln spielen lassenden Bodybuilders die Worte THE POWER STATION GYMNASIUM gedruckt waren. Als Jim hereinkam, schaute er todtraurig auf.

»Dann sind Sie also endlich gekommen«, sagte er. »Ich hab's mir schon gedacht.«

Dann sprang er ohne Vorwarnung vom Bett auf und stürzte sich mit all der verzweifelten Kraft des zum Tode Verurteilten auf Wallace' Bruder.

Mit einem gut plazierten Taekwondo-Tritt schleuderte er Jim Ritchie nach hinten, wo er vor einer Wand benommen zu Boden sackte.

Schnell wie der Blitz und wieselflink kletterte der junge Mann aus dem Schlafzimmerfenster, baumelte ein paar Sekunden mit ausgestreckten Armen am Fenstersims und ließ sich dann auf die Straße fallen.

Wallace' Bruder lag einen Moment einfach da; er war nach diesem unerwarteten Angriff viel zu verdattert, um sich zu rühren. Dann begriff er, daß womöglich seine einzige Informationsquelle über Wallace' Aufenthaltsort gerade unten auf der Straße davonsprintete.

Er ging zum Fenster, beugte sich hinaus und rief der schwindenden Gestalt nach: »He! Kommen Sie zurück!« Doch der junge Mann hatte sich offenbar fest vorgenommen, soviel Abstand wie nur möglich zwischen sich und Jim zu bringen.

Jim fluchte und stellte fest, daß er, wenn er überhaupt noch eine Chance haben wollte, den Mann zu erwischen, ihm durch das Fenster würde folgen müssen. Auch wenn das Schlafzimmer im ersten Stock lag, war es nicht zu hoch über der Straße, da das Erdgeschoß des Hauses knapp zwei Meter unterhalb des Straßenniveaus lag.

Wallace' Bruder landete einigermaßen elegant auf dem Bürgersteig unter dem Fenster und nahm die Verfolgung des jungen Mannes auf. Doch es war bereits zu spät. Er erreichte das Ende der Straße und stand vor der Wahl zwischen vier dunklen, kleinen Seitensträßchen. Von dem jungen Mann war weit und breit nichts zu sehen.

»Scheiße! Scheiße! Scheiße!« fluchte er.

Nachdem er einen Augenblick schnaufend auf der Straße gestanden hatte, drehte er sich um und machte sich hoffnungslos auf den Rückweg zu Rachel Jones' Wohnung.

Rachel beobachtete aus Wallace' Auto, wie der Wagen des KGB auf der anderen Straßenseite vor dem Eingang eines Nobelhotels hielt. Zwei der Männer stiegen hinten aus und nahmen Wallace in ihre Mitte. Er schien unter Drogen zu stehen. Sie lief zur nächsten Telefonzelle.

Während sie noch in ihrem Portemonnaie nach Kleingeld kramte, sah sie, wie Boris an der Rezeption eincheckte, während die anderen beiden Wallace diskret abstützten und versuchten, unauffällig im Hintergrund zu bleiben.

Sie wählte eine Nummer.

Es ist alles nur deine Schuld, schimpfte Jim mit sich selbst. Warum hatte er das Ticket gekauft? Warum hatte er den armen Wallace gezwungen mitzumachen? Er würde es sich niemals verzeihen, falls seinem jüngeren Bruder etwas zustieß.

Gerade als er die Haustür des kleinen Kutscherhauses erreichte, begann drinnen das Telefon zu klingeln.

Aber die Haustür war abgeschlossen.

Jim war außer sich vor Frustration. Wenn er nur ans Telefon kommen könnte, vielleicht bekam er dann noch eine Chance, Wallace' Fährte aufzunehmen. Um zum Hintereingang zu gelangen, würde er wieder bis ans obere Ende der Straße und dann die kleine Gasse hinunter laufen müssen. Er würde es niemals rechtzeitig schaffen. Er rüttelte an der Tür, aber da war nichts zu machen.

Er konnte es nicht mehr ertragen.

Er nahm einen Blumentopf und schlug damit die Scheibe in der Tür ein, dann steckte er eine Hand hindurch und drückte die Klinke runter.

Das Zimmer befand sich in einem solchen Chaos, daß er das Telefon nicht auf Anhieb entdeckte. Er rannte im Raum herum, hob Kissen, Papiere und Kleidungsstücke auf, bis er den Apparat schließlich unter einem riesigen Berg loser Blätter freilegte, die aus einer Akte herausgerissen worden waren.

Und exakt in diesem Moment hörte es auf zu klingeln. Jim hatte das Gefühl, den Verstand zu verlieren, und schaute sich gerade im Zimmer nach etwas um, das er zerschlagen konnte, als er die knackende Stimme auf Rachels Anrufbeantworter hörte.

»Hallo«, sagte Rachels aufgezeichnete Stimme. »Wenn Sie eine Nachricht für Rachel oder Andrew hinterlassen möchten, sprechen Sie bitte nach dem Piepton.«

Der Apparat knisterte und knackte und gab ein elektronisches *Biep!* von sich. Jim wollte schon den Hörer abnehmen, bremste sich dann aber. Gerade noch rechtzeitig war ihm der Gedanke gekommen, daß er womöglich mehr erfuhr, wenn er seine Anwesenheit in diesem Haus nicht verriet.

»Andrew...?« fragte eine Frauenstimme am anderen Ende der Leitung. Es war Rachel. »Bist du zu Hause? Andy, falls du da bist, dann nimm *bitte* den Hörer ab...«

»Hör zu«, sagte Rachel ins Telefon, während sie besorgt die KGB-Agenten an der Hotelrezeption auf der anderen Straßenseite beobachtete, »ich kann es jetzt nicht erklären, aber die Lage ist ein bißchen brenzlig geworden, und, also... ein Freund von mir steckt in Schwierigkeiten, und ich brauche wirklich deine Hilfe. Ich bin jetzt vor dem

Regency Hotel in Mayfair... bitte, bitte, komm, Andy... Und falls du diese Nachricht von woanders abhörst, *geh nicht nach Hause...*«

Sie waren mit dem Einchecken fertig! Nun verschwanden sie im todschicken Inneren des Hotels!

»Komm einfach!« rief sie in den Hörer und stürmte dann aus der Telefonzelle.

Wallace' Bruder stand da und betrachtete den Anrufbeantworter. Als das Lämpchen erlosch, war er noch verwirrter als zuvor. Doch je mehr er darüber nachdachte, desto klarer wurde ihm, daß er überhaupt keine Wahl hatte. Er kehrte zu seinem Wagen zurück und machte sich auf den Weg nach Mayfair.

Andrew Chilton war gerannt, seit er durch das Fenster der Wohnung an der Addison Gardens gesprungen und dem Mann entkommen war, den er für seinen Mörder hielt.

Aber jetzt ruhte er sich aus, denn er war sich ziemlich sicher, ihn abgeschüttelt zu haben – wenigstens für den Augenblick.

Keuchend und schwitzend trat er auf die Notting Hill Gate High Street hinaus und rief sich ein Taxi.

»Whitfield Place, Soho«, sagte er.

Sein Büro war der einzige Ort, der ihm als Zuflucht einfiel. Davon abgesehen hatte er dort einen Fotokopierer, und er fand, daß es höchste Zeit war, Kopien der Briefe von Gilbert Embleton an seine Mitbewohnerin Rachel Jones zu machen, die er eines Abends in der Jackentasche seines Lovers gefunden hatte.

Damals hatte er auch begriffen, daß an Boris mehr dran war, als man auf den ersten Blick meinte – und das war sowieso schon eine ganze Menge.

»Entschuldigen Sie, Sir«, sagte Miss Goldstein, Privatsekretärin des Chefs des britischen Secret Service (nach einer aufbauenden halbstündigen Pause und einer Tasse süßem Tee wieder ganz ruhig, mit klarem Blick und ganz die supertüchtige alte), »ich habe Rogers von der Observation auf Leitung zwei. Er hat einen Anruf aufgezeichnet, der eben erst den Anschluß in der Wohnung Addison Gardens erreicht hat. Offenbar hat Rachel Jones angerufen und jemanden namens Andrew gebeten, er solle sich mit ihr am Regency Hotel in Mayfair treffen.«

Sir John sah seinen zweiten Mann an.

»Schicken Sie jemanden dorthin«, sagte er.

KAPITEL FÜNFZEHN

»Maaann!« sagte Wallace, der schließlich wieder zu sich kam, nachdem die Wirkung des Chloroforms nachließ. »Ihr Leute zieht echt das volle Programm durch!«

Hätte er sich in diesem Moment nicht ziemlich benebelt gefühlt, wäre ihm vielleicht doch in den Sinn gekommen, daß es schon ein wenig *extravagant* war, wenn ein Theaterensemble sein Publikum chloroformierte. Aber in Wahrheit hatte es ihm schon immer Spaß gemacht, Drogen zu nehmen, besonders neue; ein Vergnügen, das er im Verlauf der zwei Jahre allerdings nur äußerst selten erlebt hatte, seit seine Homöopathin ihn überredet hatte, es aufzugeben. Die Chloroformierung war nur ein weiterer herrlicher Genuß zwischen den Gängen seines üppigen Geburtstagsfestschmauses. Er wußte, seine Homöopathin würde ihm diese kleine Abweichung vom Pfad der Tugend und Nüchternheit verzeihen, wenn er ihr alles berichtete. Denn immerhin war es ja sein Geburtstagsgeschenk.

Er saß mit Boris und den beiden anderen in einem Hotelzimmer.

»Als erstes die Briefe, wenn ich bitten darf«, sagte Boris. »Möchten Sie, daß ich Sie Mr. Spenser nenne?«

»Tja, wenn ich nicht so heiße, dann nicht!« antwortete Wallace, als rede er mit einem Sechsjährigen. »Und außerdem dachte ich, wir hätten eine Abmachung. Sie wollten mir doch die Briefe geben, die dieser alte Kauz Rachel geschrieben hat.«

Boris konnte nicht anders: die Kaltschnäuzigkeit des

Mannes beeindruckte ihn. Er schien sie wissentlich auf die Palme bringen zu wollen.

»Ich fürchte nur, Sie haben hier nicht länger das Sagen, Mr. Dingsbums«, sagte Boris. »Und jetzt geben Sie mir bitte die Briefe!«

»Hab sie nicht«, sagte Wallace mit einem schelmischen Grinsen.

»Durchsucht ihn«, befahl Boris seinen Kollegen (auf russisch).

Ihre Leibesvisitation bestätigte Wallace' Behauptung.

»Wo sind sie?« fragte Boris.

»Ihr nervtötenden Russkies!« sagte Wallace, den in diesem Augenblick ein ganzer Schwall an Inspirationen für seine Improvisation überkam. »Kein Wunder, daß es einen kalten Krieg gibt! Wie können Sie nur allen Ernstes erwarten, daß die Menschen Sie mögen, wenn Sie so hartnäckig darauf bestehen, sich so schlecht zu benehmen? Es ist höchste Zeit, daß euch mal jemand eine Lektion erteilt! Ich persönlich –«

»WO SIND DIE BRIEFE?« brüllte Boris Wallace direkt ins Gesicht.

Wallace machte einen Satz auf seinem Stuhl. Mann! Das war jetzt mal echt ein gruseliger Augenblick gewesen!

Aber er hatte noch jede Menge bislang unbenutzter Dialogfetzen im Ärmel.

»Rachel hat sie!« schmollte er.

»UND WO IST RACHEL?« tobte Boris.

Wallace zog ein langes Gesicht, das Kinn senkrecht nach unten, den Mund zu einem kleinen »O« geformt und die Augenbrauen hochgezogen.

»Keine Ahnung«, sagte er. Und er stieß ein kleines, halb unterdrücktes prustendes Lachen aus.

»Soll ich dich mit Drogen vollpumpen, die deinen Körper mit entsetzlichen Krämpfen quälen werden?« fragte Boris.

»Tut mir leid«, erwiderte Wallace, »aber bei einem ersten Rendezvous ist für mich beim Zungenkuß Schluß! Ich will doch nicht billig wirken.«

Boris ballte die Fäuste, so daß die Knöchel knackten und weiß wurden. Er wußte, daß dieser Mann nur versuchte, ihn dazu zu treiben, die Beherrschung zu verlieren. Wahrscheinlich wollte er nur Gelegenheit bekommen zu beweisen, wieviel Schmerzen er aushalten konnte. Boris hatte über die Jahre viele Agenten kennengelernt und wußte, daß es die seltsamsten Typen unter ihnen gab.

»Wenn du es so durchziehen willst, Mr. Schlaumeier«, sagte er, »dann sollst du es auch so haben! Ich werde Dr. Rose von Krabb holen.«

»Eine böse Ärztin?« zwitscherte Wallace. »Mann! *Gei-el!*«

»Ich fürchte, du wirst sie nicht besonders toll finden«, sagte Boris düster und machte Anstalten zu gehen.

»Ach, Boris, eine Sache ist da noch, bevor Sie gehen . . .«, sagte Wallace höflich.

Boris drehte sich um.

»Ja?«

»Also . . . *wie ist das so?*« fragte Wallace mit einem verschwörerisch anzüglichen Grinsen.

»*Was* soll wie sein?« fragte Boris.

»Sie wissen schon . . .«, sagte Wallace und grinste breit und dreckig. »Wenn Sie mit einem anderen Burschen zusammen sind, und wenn Sie ihn . . . Sie wissen schon . . .«

Boris Augen verengten sich zu schmalen Schlitzen des puren Hasses.

»Ich sorge dafür, daß du dir noch wünschst, nie geboren worden zu sein«, sagte er. Dann drehte er sich zu einem seiner Kollegen und sagte (auf russisch): »Paß auf den Kerl auf!« Dann verließ er das Zimmer.

»Und ich halte mir den Samstagabend frei!« rief Wallace ihm noch nach.

Einer von Boris' Komplizen wandte sich an Wallace und fragte, als interessierte es ihn wirklich:

»*Stehst* du auf Schmerzen?«

»Tja, man muß den Schmerz schon mögen, um diesen Job zu erledigen, finden Sie nicht auch?« erwiderte Wallace.

Er sah die beiden Sowjetagenten an. Sie wirkten schockiert.

Wallace spielte den Überraschten.

»Ja, steht ihr denn nicht drauf?« fragte er.

Das einzige Manko beim Theater im Leben war, daß es kein Publikum gab!

Rachel beschloß, daß der Augenblick zum Handeln gekommen war. Sie spürte, daß dies ihre letzte Chance sein könnte, Gilbert Embletons Briefe in die Finger zu bekommen und sich gegen weitere Mordversuche zu schützen, indem sie mit der Regierung verhandelte. Außerdem befürchtete sie allmählich, daß sich dieser supercoole Spenser ausnahmsweise mal verrechnet hatte und dringend Hilfe benötigte.

Also betrat sie so selbstsicher wie möglich das Hotel und sagte zu dem Empfangschef:

»Geben Sie mir bitte den Schlüssel für das Zimmer, das Sie gerade eben an die ausländischen Herren vermietet haben. Ich bin eine gute Freundin.«

»Das kommt leider keinesfalls in Frage, Madam«, sagte der Empfangschef. »Möchten Sie, daß ich die Gentlemen anrufe?«

»Der Schlüssel tut's völlig«, sagte Rachel ruhig, nahm dabei diskret ihre kleine Pistole heraus und richtete sie auf ihn. »Tut mir leid«, fügte sie hinzu, »aber es ist wirklich sehr wichtig.«

»Oh, ganz recht, Madam«, sagte der Empfangschef und

wurde so weiß wie ein Laken, blieb aber höflich bis zum Letzten. »Es gibt in der Tat Augenblicke, da tut es eben nur der Schlüssel, nicht wahr?«

»Herzlichen Dank«, sagte Rachel, nahm den Schlüssel an sich und ging zum Fahrstuhl.

Jim Ritchie ging mitten auf dem Kreisverkehr um den Marble Arch das Benzin aus. Er hatte sich solche Sorgen um Wallace gemacht, daß er völlig vergessen hatte zu tanken. Er saß einen Augenblick da, umgeben von wütenden Autofahrern, und fragte sich, was er nun tun sollte. Dann dachte er wieder an das Einschußloch in der Wand des Schlafzimmers in Addison Gardens und an den blutgetränkten Sessel; und das alles war nur seine Schuld.

Er stieg aus dem Wagen, ließ ihn mitten auf der Fahrbahn stehen und sprang in ein vorbeikommendes Taxi.

»Regency Hotel, Mayfair«, befahl er.

Soll sich die Polizei doch um das Auto kümmern, dachte er, während er durch die Heckscheibe des Taxis zusah, wie sein Wagen in der Ferne kleiner und vom wütenden Verkehr verschlungen wurde. Es gibt Dinge im Leben, die sind wichtiger als Autos.

»Und, hast du die Briefe?« wollte der Chef des sowjetischen Spionagerings in London von Boris Blavatsky über Funk wissen.

»Äh, nein ...«, sagte Boris. »Aber wir haben den Mann. Es ist nicht Spenser. Die Briefe hat er auch nicht.«

Andrew Chilton erreichte das Gebäude, in dem sich sein Büro befand, und schloß vorsichtig auf.

Bei jedem Schritt, den er jetzt unternahm, fürchtete er, es könnte sein letzter sein. Sorgfältig untersuchte er die Bürotür auf Hinweise für ein gewaltsames Eindringen. Als er überzeugt war, daß die Tür unversehrt war, öffnete er sie und betrat den großen Raum, den sich seine kleine Werbeagentur mit drei anderen gewitzten Junggrafikern teilte. Vor allem anderen brauchte er jetzt ein kräftiges Bier aus dem Bürokühlschrank.

Dann setzte er sich, holte das Päckchen mit der Aufschrift »GILBERTS BRIEFE« heraus und sah es voller Bedauern an.

Während er das Bier runterstürzte, tippte er eine Nummer in sein Telefon.

»Hallo«, meldete sich Rachels Stimme vom Band. »Wenn Sie eine Nachricht für Rachel oder Andrew hinterlassen möchten, sprechen Sie bitte nach dem Piepton . . .«

»Scheiße!« zischte er und kramte in seiner Tasche, bis er ein kleines schwarzes Gerät zur Fernabfrage herauszog, das er dann auf die Sprechmuschel seines Telefonhörers drückte und aktivierte. Ein paar Sekunden später spielte der Anrufbeantworter in Addison Gardens die aufgezeichneten Nachrichten ab:

»Andrew. . .?« fragte Rachels Stimme am anderen Ende der Leitung. »Bist du zu Hause? Andy, falls du da bist, dann nimm bitte den Hörer ab. Hör zu, ich kann es jetzt nicht erklären, aber die Lage ist ein bißchen brenzlig geworden . . . Ich bin jetzt vor dem Regency Hotel in Mayfair. . .«

Warum passierte das alles ausgerechnet ihm?

KAPITEL SECHZEHN

Wallace konnte sich nicht entscheiden, ob er aus dem Hotelzimmer flüchten oder aber auf Dr. Rose von Krabb warten sollte. Er brannte darauf, eine Szene mit ihr zu spielen, doch während die Minuten verstrichen und niemand ins Zimmer kam, war er zunehmend davon überzeugt, daß die Schauspieler auf seinen Anstoß für die nächste Improvisation warteten – der Ausbruch!

In einem Punkt war er sich allerdings recht sicher. Sie würden ihm ein Zeichen geben, wenn der richtige Augenblick kam. Irgend etwas passiert immer, damit der Held auch ja seine Chance bekommt. Genau darum ging's ja in der Unterhaltungsliteratur.

Er schaute sich im Zimmer um. Das Bühnenbild war schon toll. Die beiden Handlangeragenten waren in ein Kinderspiel vertieft, das offensichtlich *Kra-bums!* hieß. Es war eines dieser klassischen albernen und doch spannenden Spiele, die im Film gern von Mördern und solchen Leuten gespielt werden.

Dazu verwendete man einen durchsichtigen Plastikzylinder, der an den Seiten Löcher besaß, durch die man Hunderte langer dünner Plastikspieße steckte. Anschließend kippte man Hunderte Murmeln von oben in den Turm, die jedoch nicht bis nach unten durchfielen, weil sich ja auf halbem Weg diese Unmenge kreuz und quer durchgeschobener Spieße befand. Die Spielidee bestand nun darin, daß man abwechselnd Spieße herauszog, immer einen pro Durchgang, und zu vermeiden versuchte, daß Murmeln nach unten fielen. Man mußte schon sehr sorgfältig überlegen, welchen Spieß man herauszog. Am Ende wurde natürlich die ganze Ladung Murmeln nur noch von fünf oder sechs Spießen gehalten, und man wußte, daß buchstäblich jeder Spieß, den man herauszog, die Murmelkaskade auslösen könnte. Es war auf eine blöde Art aufregend. Wallace hielt es für ein flottes kleines Detail, daß sie das jetzt spielten. Ein hübscher Einfall.

Ein dritter Russe stand mit auf Wallace gerichteter Waffe an der Tür. Eine besondere Vorsichtsmaßnahme, um diesen unheimlichen und wahrscheinlich labilen britischen Agenten im Auge zu behalten.

»Entschuldigen Sie bitte, Sir John«, sagte die Privatsekretärin. »Ich habe den KGB in der Leitung. Sie sagen, der Mann, den wir geschickt haben, wäre nicht Spenser gewesen, und er hätte auch die Briefe nicht bei sich gehabt. Sie wollen wissen, was das soll, Sir.«

»So ein Mist!« sagte der Chef des britischen Secret Service. »Sagen Sie ihnen, sie sollen dranbleiben.« Dann wandte er sich an seinen zweiten Mann. »Tja, diesmal stecken wir bis zum Hals drin«, sagte er. »Irgendwelche Vorschläge?«

»Also, ich denke, wir könnten denen vorschlagen, daß wir die Briefe *kaufen*, oder?« sagte er. »Wenn wir die anderen wirklich verloren haben ...«

»Dr. von Krabb? Wir sind dann jetzt soweit«, sagte Boris Blavatsky.

Dr. Rose von Krabb schaute von ihrem Schreibtisch in dem Hotelzimmer auf, das ein Stück weiter den Gang hinunter lag. Sie war gerade dabei, die Spritzen und giftigen Flüssigkeiten in ihrer schwarzen Aktentasche ordentlich zu sortieren. Dr. Rose von Krabb war allerdings keine Schönheit. Die vielen Jahre, die sie damit verbracht hatte, ihren

Mitmenschen Leid zuzufügen, hatten Spuren auf ihrer ledrigen Physiognomie hinterlassen.

»Also gut. Bringen Sie mich zu ihm«, erwiderte sie mit einer Stimme, die ein Chorleiter als Bariton eingestuft hätte.

Rachel hatte die Tür des Zimmers gefunden. Sie stand davor, ihr Herz raste, und sie fragte sich, was in aller Welt sie tun sollte, wenn sie hineinging.

Sie legte ein Ohr an die Tür, konnte aber keinen Laut hören.

Als der Augenblick dann kam, an dem Wallace offensichtlich am Zug war, gab es kein Vertun. Zwei Dinge passierten gleichzeitig, und beide zusammen änderten die Lage dramatisch. Der hinter Wallace stehende Aufpasser wurde von einer Wespe in die Hand gestochen, und haargenau im gleichen Moment gipfelte die *Kra-bums!*-Partie in einem Sturzbach von Murmeln, die mit einer solchen Wucht den Plastikzylinder hinunterdonnerten, daß sie fast explosionsartig herauskrachten und über den Tisch und auf den Boden fielen.

Der Aufpasser brüllte vor Schmerz und Überraschung auf und ließ seine Waffe fallen, woraufhin Wallace seinen Stuhl scharf nach hinten stieß. Das wiederum ließ den Mann an die Wand dahinter zurücktaumeln. Wie es der Zufall wollte (oder, besser gesagt, wie der clevere Inspizient der Show es arrangiert hatte, je nachdem, wie man die Sache sah), wurde durch die Wucht des Aufpralls, als der Aufpasser gegen die Wand knallte, ein schwerer, vergoldeter Spiegel gelöst, der schon seit Jahren drauf und dran war, von der Wand zu fallen. Er krachte auf den Kopf des Aufpassers und schlug ihn endgültig k.o.

Wallace hechtete auf den Boden und schnappte sich

die Kanone, die der Mann hatte fallen lassen. Die beiden anderen Agenten versuchten, aufzuspringen und ihn zu überwältigen, doch überall auf dem Boden lagen nun die Murmeln, und jedesmal, wenn sie aufstehen wollten, fielen sie einfach wieder hin. Es war schon ziemlich slapstickmäßig.

Wallace war begeistert. Er mußte so heftig lachen, daß er fast vergaß, die Kanone auf sie zu richten und zu sagen »Hände hoch!« und »Keine faulen Tricks!« und »Eine falsche Bewegung, und ihr seid Geschichte!« Kurzum, also all die gefälligen Sprüche, die man in solchen Situationen eben benutzt.

Rachel war tief beeindruckt, als sie hereinkam und feststellen mußte, daß Wallace die Sache fest im Griff hatte. Dann hatte sie ihn also doch falsch eingeschätzt! Aus irgendeinem raffinierten, subtilen, nur ihm allein bekannten Grund hatte er einfach mitgespielt und so getan, als sei er überwältigt worden. Er war schon ein toller Typ.

»Nehmen Sie die Kanonen! Fesseln Sie sie!« ordnete Wallace kichernd an und behielt seine Waffe unverwandt auf die beiden KGB-Agenten gerichtet.

»Hören Sie eigentlich nie auf zu lachen?« fragte Rachel, während sie seine Befehle ausführte.

»Nö, nicht solange ich die Oberhand habe!« wieherte Wallace. Dann fügte er geistreich hinzu: »Die Jungs hier haben ihre Murmeln nicht mehr beisammen.«

»So!« sagte Rachel, als sie die zwei mit ihren eigenen Gürteln gefesselt hatte. »Ich bezweifle, daß es sie länger als fünf Minuten aufhalten wird, aber das ist ja schon mal was. Haben Sie Gilberts Briefe?«

»Fürchte nicht, nein«, sagte Wallace. »Das war offensichtlich eine abgekartete Sache. Die hatten nie vor, uns die Briefe zu geben.«

Rachel filzte mutig die Aufpasser, achtete aber ganz besonders bei den zwei nicht bewußtlosen darauf, daß ihre Waffe die ganze Zeit auf sie gerichtet war.

»Sie haben recht«, sagte sie. »Mist!«

Sie öffneten die Tür des Hotelzimmers und guckten hinaus. Am Ende des Ganges unterhielt sich Boris Blavatsky mit Dr. Rose von Krabb, die ihre geöffnete Aktentasche im Arm hielt und gerade deren schaurigen Inhalt inspizierte. Sie sprangen ins Zimmer zurück.

»Tja«, meinte Rachel, »ich vermute, dann werden wir wohl das Fenster nehmen müssen.«

Wallace bekam große Augen und glaubte seinen Ohren nicht zu trauen. Sie konnten doch nicht allen Ernstes von ihm erwarten, daß er einen echten Fenstersims im zehnten Stock entlangkletterte!

Er ging zum Fenster und schaute hinaus. Kein Sicherheitsnetz, nichts.

»Äh, tut mir leid«, sagte er mit entschiedener Stimme. »Äh ... ich werde da nicht rausgehen!«

»Uns bleibt keine andere Wahl!« sagte Rachel. Sie beugte sich aus dem Fenster und schaute nach links und rechts. »Da!« fügte sie hinzu. »Ein kleines Stück weiter ist ein Fenster, durch das wir ins Treppenhaus kommen.«

»Ich klettere nicht durch dieses Fenster!« sagte Wallace im Tonfall eines störrischen Achtjährigen. »Keine zehn Pferde kriegen mich da raus!«

Rachel verstand das nicht. Ein Mann, der im Alleingang drei KGB-Agenten überwältigt hatte, hatte auf einmal Angst, einen Fenstersims entlangzuklettern, der im Vergleich zu manch anderen sogar noch ausgesprochen breit war. Hatte Spenser vielleicht Höhenangst? Das war doch absurd!

»Und außerdem«, sagte Wallace, »möchte ich gern noch Dr. Rose von Krabb kennenlernen. Sie ist offensichtlich die beste Figur... natürlich von Ihnen abgesehen!«

»Kann ja sein, daß Sie einen Schutzengel haben, ich aber ganz sicher nicht«, sagte Rachel. »Genaugenommen sogar ganz im Gegenteil. Goodbye, Spenser. War nett, Sie kennenzulernen.«

Und flink kletterte sie aus dem Hotelfenster und verschwand über den Sims.

Wallace lief zum Fenster. Ihre Worte klangen gefährlich danach, als verabschiede sie sich jetzt aus der weiteren Handlung.

»Kommen Sie sofort zurück!« rief er ihr nach. Doch es war zu spät. Sie stieg gerade durch das nur ein paar Meter entfernte offene Fenster wieder ins Haus.

Ehe er sich versah, war Wallace aus dem Fenster auf den Sims gesprungen. Er war wild entschlossen, sie einzuholen.

Dann fiel sein Blick auf die Straße zehn Stockwerke unter ihm, und er erstarrte. Plötzlich kam ihm der Sims sehr schmal vor.

»Soll ich das XLV4 benutzen oder lieber das MGS2?« fragte Dr. Rose von Krabb Boris Blavatsky auf dem Flur vor dem Zimmer, in dem sich vermeintlich ihr Gefangener befand.

»Wo liegt denn der Unterschied?« fragte Boris.

»Das XLV4 ist ziemlich schmerzhaft«, sagte die Ärztin mit dem ledrigen Gesicht, »aber es wirkt nicht sehr lange. Das MGS2 ist nicht ganz so schmerzhaft wie das XLV4, dafür hält die Wirkung dann aber eine ganze Weile an.«

Boris betrachtete die beiden Fläschchen. Es hatte was von der Entscheidung, welche Pflegespülung man nehmen sollte. Das A gab Volumen, aber das B gab Glanz. Er konnte sich nie entscheiden.

»Ach, zum Teufel auch, nehmen wir das XLV4«, sagte er schließlich.

»Da sind wir einer Meinung«, sagte Dr. Rose von Krabb. »Bei XLV4 weiß man, woran man ist!«

Nachdem Jim Ritchie das Taxi bezahlt hatte, blieb er vor dem Regency stehen und starrte es an. In was war Wallace da nur hineingeraten, fragte er sich. Zum ersten Mal spürte er nun das volle Ausmaß seiner Hilflosigkeit. Er wußte nicht, wer der Feind war; er wußte nicht, was auf dem Spiel stand. Solange er zum Hotel unterwegs gewesen war, war er frohen Mutes gewesen: Er machte etwas Sinnvolles. Nachdem er jetzt aber hier war, begriff er, daß er überhaupt keine Ahnung von nichts hatte.

Doch dann hörte er plötzlich von irgendwo Wallace' Stimme.

»Jim!« rief sie. »Jim!«

Es kam ganz offensichtlich ziemlich aus der Nähe, und doch konnte Jim nicht genau orten, woher die Stimme kam.

»Jim! Ich bin hier oben!«

Er schaute auf. Da war sein Bruder, er stand auf einem Sims vor einem Fenster im zehnten Stock!

»Was machst du da oben?« rief Jim perplex.

»Äh . . . ich hänge hier fest«, sagte Wallace.

KAPITEL SIEBZEHN

Als die beiden Sowjetagenten, die Wallace so gekonnt überwältigt hatte, lange genug gezappelt hatten, um sich von ihren Fesseln zu befreien, kam ihnen auch nicht eine Sekunde in den Sinn, daß Wallace womöglich immer noch auf dem Fenstersims stehen könnte. Sie ahnten instinktiv, daß er, Mann der Tat, der er nun mal war, keine Zeit verschwenden würde, durch das nächste Fenster wieder einzusteigen und das Treppenhaus hinunterzustürmen, so wie es die Frau ja laut und deutlich vorgeschlagen hatte.

Also machten sie ihren Kameraden wieder munter, dem der Spiegel auf den Kopf geknallt war, und stürzten auf den Gang hinaus, wo sie Boris in die Arme liefen.

»Schnell! Zum Treppenhaus!« brüllten sie ihrem Chef zu, und dann machten sich alle vier auf die Jagd nach ihrem Mann.

Dr. Rose von Krabb stand da mit ihrer schweren Tasche voller giftiger Flüssigkeiten und hatte niemanden mehr, dem sie eine Injektion verabreichen konnte. Es schien einfach nicht ihr Tag zu sein.

»Vor welcher Zimmernummer stehst du?« rief Jim Ritchie seinem Bruder zu. »Ich komme rauf!«

»Keine Ahnung«, rief Wallace zurück. »Zehn-irgendwas.«

Dann drängte sich ihm ein Bild in den Kopf – eine verschwommene Erinnerung an seinen Chloroformtrip. Die Nummer war 1001 gewesen.

»Zehn-null-eins!« rief er. »Und beeil dich! Ich glaube, ich stürze in ungefähr dreißig Sekunden ab!«

»Ich bin sofort bei dir!« rief sein Bruder.

In der Eingangshalle des Hotels herrschte ein ziemlicher Tumult. Der Empfangschef hatte die Polizei verständigt, die gerade eben eingetroffen war und zum allgemeinen Durcheinander noch beitrug, indem sie allem und jedem relativ sinnlose Befehle zubrüllten. Jim hatte überhaupt keine Schwierigkeiten, sich an der Rezeption vorbeizumogeln und den nächsten Fahrstuhl zu betreten.

Eine Minute später erschienen zwei MI5-Männer auf der Bildfläche. Wie ihre Vorgänger trugen sie nüchterne Seemannspullover und hatten einen entschlossenen Gang. Die Polizei war froh, daß ihnen die Verantwortung abgenommen wurde, es gefiel ihnen nämlich überhaupt nicht, was sie von dieser Frau mit der Kanone oder den fünf ausländischen Gentlemen aus Zimmer 1001 zu hören bekommen hatten.

Gott sei Dank ist endlich jemand hier, der weiß, was er tut, dachten sie zufrieden.

Am unteren Ende des Treppenhauses befand sich eine Tür, die auf eine dunkle Gasse führte. Rachel lief hinaus. Sie hörte, wie die vier Russen hinter ihr die Treppe herunterpolterten. Sie hielt sich links und lief die Gasse hinunter. Durch einen glücklichen Zufall führte die Gasse sie schnurstracks zu der Stelle, wo sie Wallace' schicken schwarzen MG abgestellt hatte.

»Tut mir leid, Spenser«, murmelte sie leise vor sich hin, stieg in den Wagen und brauste los.

Sie hatte es aufgegeben, ihn verstehen zu wollen.

Eine Minute später kamen Boris und sein Team durch dieselbe Tür gestürmt und trennten sich in Zweiergruppen. Als jede Gruppe das Ende der Gasse erreicht und die Hauptstraße hinauf und hinunter geschaut hatte, kehrten sie zurück.

»Ich glaube, wir haben ihn verloren«, rief einer (auf russisch).

Der andere schaute zu dem Fenstersims auf und sah, daß Wallace immer noch dort stand.

»He! Boris!« rief er (auf russisch). »Er ist noch da oben!« Und er ballerte aufs Geratewohl los.

»Ich will ihn lebend, du Idiot!« brüllte Boris. »Warum schießt du auf ihn?«

»Verdammte Scheiße!« schimpfte Wallace vor sich hin, als er begriff, daß auf ihn geschossen wurde. Wie sie die Kugeln so realistisch hinkriegten, konnte er sich beim besten Willen nicht vorstellen. Vermutlich hatten sie vor Beginn der Vorstellung kleine Sprengladungen im Mauerwerk auf der Außenwand des Hotels angebracht. Aber egal, wie sie es bewerkstelligt hatten, es war schon recht unheimlich und genügte, ihm den nötigen Anstoß zu geben, sich nun endlich weiter auf dem Fenstersims entlangzuschieben. Bald erreichte er ein offenes Fenster und kletterte hinein.

Jim Ritchie gelangte zum Zimmer 1001, dessen Tür einen Spalt offen stand. Er steckte den Kopf hinein, und als er sich davon überzeugt hatte, daß niemand im Zimmer war, trat er ein und ging zum Fenster.

Als er sah, daß Wallace nicht mehr auf dem Sims stand, befürchtete er zunächst das Schlimmste. Aber auf dem Bürgersteig unten konnte er nichts erkennen, das wie der zerschmetterte Körper seines Bruders aussah.

»Wallace?« rief er aus dem Fenster.

Dann vernahm er hinter sich eine Stimme.

»Okay, bleiben Sie so stehen«, sagte die Stimme. »Hände hoch. Schön langsam. Und versuchen Sie keine faulen Tricks.«

»Was ist hier los?« fragte er. »Wer sind Sie?«

»Sehr gute Fragen, Sir«, sagte der britische Agent, während er Wallace' Bruder filzte. »Vielleicht möchten Sie sie ja selbst beantworten.«

Der andere der beiden Männer sprach in ein Funkgerät.

»Wir haben ihn, Sir«, sagte er.

Geschafft! dachte Wallace. War doch gar nicht so schwierig gewesen, oder? Er erkannte jetzt, daß diese angeblich so unheimlichen Dinge, wie über Fenstersimse im zehnten Stock zu gehen, tatsächlich lediglich eine reine Willensfrage waren. Das Theater im Leben hatte ihm für so viele Dinge die Augen geöffnet!

Er warf einen Blick auf die Uhr. Es bleibt nicht mehr viel Zeit, dachte er.

Er würde traurig sein, wenn seine Geburtstagsüberraschung vorbei war.

Es dauerte eine Weile, bis ihm klar wurde, daß er sich nicht im Treppenhaus befand, sondern in irgendeinem Hotelzimmer. Als er jedoch aufschaute, sah er sich einer Frau gegenüber, die eine SS-Mütze, Reizwäsche, Netzstrümpfe und Schaftstiefel trug und eine neunschwänzige Katze in der Hand hielt, sowie einem Mann in Satin-Suspensorium und Batman-Maske, dessen Hände über seinem Kopf an die Ecke eines Rokokoschrankes gefesselt waren. Sie starrten ihn verdutzt und betroffen an.

»Aaah! Dr. Rose von Krabb, nehme ich an!« sagte Wallace. »Was für eine Freude, Sie schließlich doch noch kennenzulernen! Ich habe schon soviel von Ihnen gehört! Waren Sie es nicht, die im Jahre 1942 die erste Kopftransplantation durchgeführt hat? Wie man mir sagte, war es nur ein bedingter Erfolg.«

»Soll ich den Sicherheitsdienst des Hotels rufen?« fragte der Mann mit der Batman-Maske verlegen. In Wahrheit fühlte sich keiner von ihnen angemessen gekleidet, um den Alarm auszulösen, auch wenn sie Wallace' Eindringen zutiefst beunruhigte.

»Äh . . . dies ist ein *Privatzimmer*, Sir«, sagte die Frau mit der SS-Mütze. »Ich fürchte, ich werde Sie bitten müssen, das Zimmer zu verlassen.«

Sie war eine Frau, die womöglich getobt und gebrüllt hätte, wäre sie nicht in dieser schrecklich kompromittierenden Lage überrumpelt worden; als Direktorin einer exklusiven Privatschule für Mädchen in den an London angrenzenden Grafschaften war sie es gewohnt, Befehle zu erteilen. Aber diese unvorhergesehene Wendung des Schicksals hatte sie lammfromm gemacht.

»Kommen Sie, kommen Sie!« sagte Wallace, stolzierte in den Raum und legte sich richtig ins Zeug. »Wo ist die lebhafte, nein, *couragierte* Dr. Rose von Krabb, von der wir alle schon soviel gehört haben? Ich hatte doch zumindest erwartet, ein Stilett aus einem geheimen Hohlraum in der Sohle ihres Schaftstiefels springen zu sehen!«

Sie ist ohne Frage bislang die schlechteste Schauspielerin der Show, dachte Wallace. Ihr Kostüm war schon gut, aber sie selbst war völlig untalentiert. Sie stand einfach nur dort rum und sah aus wie bestellt und nicht abgeholt! Das würde er auch dem Veranstalter sagen. Alle anderen hatten einen verdammt guten Gegenwert für sein Geld geliefert, doch in diesem Fall war er echt enttäuscht. Ja, sie konnte ja noch schlechter improvisieren als er!

Der verrückte Gedanke kam ihm in den Sinn, daß man ihm vielleicht einen Job als Schauspieler anbieten würde, wenn die Nachricht erst einmal zum Direktor des Theaters im Leben durchgesickert war, welche wunderbaren Leistungen er gezeigt hatte! Doch er ermahnte sich, einen klaren Kopf zu behalten. Die meisten von ihnen waren umwerfend realistisch gewesen. Diese Frau hier war vermutlich nur die zweite Besetzung.

Boris Blavatsky ging in Dr. Rose von Krabbs Zimmer und ließ sich niedergeschlagen in einen Sessel fallen.

»Wir haben ihn verloren«, sagte er (auf russisch). Dann vergrub er das Gesicht in seinen Händen. »Was soll ich jetzt nur tun?«

Dr. Rose von Krabb war für ihn schon immer wie eine Mutter gewesen, und zu ihr kam er auch, wenn das Gewicht der Welt zu schwer auf seinen Schultern lastete.

»Ach, so schlimm ist es doch gar nicht«, sagte sie (auf russisch), kam zu ihm und legte sanft eine Hand auf seine Schulter. »Bislang hast du dich doch wacker geschlagen. Du hast Spenser getötet, und du hast die Briefe, die Gilbert Embleton an dieses Mädchen geschickt hat...«

Er sah völlig verzweifelt zu ihr auf.

»Ich hab sie verloren!« gestand er.

»Du hast sie *verloren*?« wiederholte sie. »War das nicht ein wenig nachlässig?«

»Den einen Augenblick hatte ich sie noch, und im nächsten waren sie auch schon weg!« jammerte er. »Ich muß sie einfach irgendwo fallengelassen haben. Ich dachte, wenn ich diesen Mr. Dingsbums hätte, diesen Mann, der sich für Spenser hält, könnte ich vielleicht die Briefe zurückbekommen, die ich Andrew geschickt habe. Aber jetzt habe ich den auch noch verloren. Ich kann die Wahrheit nicht mehr länger vor ihnen verbergen. Ich bin erledigt!«

»Du könntest immer noch in den Westen überlaufen«, schlug sie vor.

»Was ist mit meiner Frau?« jammerte Boris. »Mit meiner Mutter? Es würde sie umbringen!«

»Kommen Sie schon!« sagte Wallace und fuchtelte mit der Hand über seinem Kopf herum, in der er immer noch die Kanone hielt, auch wenn er sich dessen zu diesem Zeitpunkt kaum noch bewußt war. Wallace war fest entschlossen, irgendeine Reaktion aus der verängstigten Direktorin herauszukitzeln.

»Überraschen Sie mich!« schrie er. »Drücken Sie auf einen Knopf und verpassen Sie mir einen Stromschlag durch die Füße!«

»Sie haben ihn, Sir«, sagte die Nummer Zwei des britischen Secret Service zu seinem Boss. »Konnten ihn abfangen, als er auf der Flucht vor dem KGB war.«

»Gut«, sagte der Chef des Secret Service. »Hat er die Briefe?«

»Anscheinend nicht, Sir«, sagte die Nummer Zwei. »Die Boris-Blavatsky-Briefe scheint er ebenfalls nicht zu haben.«

»Verdammt!« sagte Sir John. »Also hat der KGB jetzt beides, was?«

»Nun, der Mann weigert sich zu reden, Sir«, sagte die Nummer Zwei. »Bislang haben sie nur einen Haufen Blödsinn über ein Avantgarde-Theater-Ensemble aus ihm herausbekommen ... recht zusammenhangloses Zeug ...«

»Ach, ja ...«, sinnierte Sir John. »Sollte er sich weiterhin weigern, mit uns zu kooperieren, können wir ihn immer noch mit giftigen Drogen vollpumpen ...«

»Manchmal müssen wir eben solche schweren Entscheidungen treffen«, sagte Dr. Rose von Krabb. Dann zog sie sich einen Stuhl heran, setzte sich neben Boris und nahm seine Hand. »Boris«, sagte sie in herzlichem, intimen Tonfall. »Öffne mir dein Herz. Dieser junge Mann. Dieser Andrew. Liebst du ihn?«

»Vielleicht«, schmollte Boris.

»Und deine Frau? Liebst du sie?« bohrte die Ärztin nach.

»Nein«, sagte Boris.

»Dann setz dich in den Westen ab!« riet sie ihm. »Du mußt ja auf keine Kinder Rücksicht nehmen.«

»Ich soll meine Frau wegen einem Mann verlassen?« sagte Boris. »Da würden mich doch alle auslachen!«

»Dann ist es eben nicht leicht! Na und?« sagte Dr. von Krabb und riß kapitulierend die Hände hoch. »Das *Leben* ist nicht leicht! Erst heute dachte ich, ich hätte eine Gelegenheit, jemandem XLV4 zu injizieren, und plötzlich muß ich feststellen, daß ich keinen Patienten mehr habe! Wir haben alle unser Kreuz zu tragen!«

KAPITEL ACHTZEHN

»Es ist wirklich jammerschade, daß unser kleines Schwätzchen so kurz ausfallen muß!« sagte Wallace. Schließlich war er es leid, eine Szene mit dieser bösen Ärztin in Gang bekommen zu wollen. Es war, als versuchte er, vor einer Holzplanke zu spielen!

Erst jetzt wurde ihm klar, welchen schweren Fehler er begangen hatte, als er zuließ, daß die Schauspielerin der Rachel aus der Handlung ausstieg. Sie war mit einer solchen Begeisterung bei ihrer Rolle gewesen. Sie hatte gespielt, als ginge es um ihr eigenes Leben. Das bewunderte er irgendwie. Er bewunderte jeden, der seinen Job ernst nahm. Er bewunderte zum Beispiel seinen Friseur Gerry. Gerry redete nicht besonders viel, er konzentrierte sich einfach darauf, Wallace die Haare zu schneiden. Und dabei ließ er sich Zeit. Und man sah es. Wallace hatte für so jemanden erheblich mehr Bewunderung übrig als für jemanden, der einen eine halbe Stunde mit Tratsch und schmutzigen Witzen unterhielt und einen dann mit einer Frisur unter die Leute schickte, die aussah, als wäre sie von einer Maus angefressen worden.

Wallace hatte beschlossen, diese Dr. Rose von Krabb als Geisel zu nehmen und zu versuchen, mit Boris zu verhandeln, um doch noch an die Embleton-Briefe zu kommen. Er beabsichtigte, hartnäckig zu bleiben, was den Teil des Plots betraf, der mit den Briefen zusammenhing, da er glaubte, auf diese Weise würde Rachel noch am ehesten wieder auftauchen.

»Ich hätte mit Ihnen sehr gern noch über Ihre Vorstellungen zur Gentechnologie diskutiert, Frau Doktor. Vielleicht beim nächsten Mal!« sagte er, marschierte zu der Direktorin, nahm sie mit einem Arm in einen Nackenhebel und hielt ihr die Kanone an den Kopf. »Aber jetzt werden wir beide einen kleinen Spaziergang machen.«

Die Direktorin kreischte vor Angst, als sie die Waffe an ihrer Schläfe spürte. Sie wollte eigentlich noch fragen, ob sie sich vielleicht eben etwas Konventionelleres anziehen könne, aber in der festen Überzeugung, daß Wallace verrückt war, beschloß sie, daß ihre Überlebenschancen beträchtlich größer waren, wenn sie seinen Befehlen ohne Diskussion gehorchte und sich später um ihr Schamgefühl kümmerte.

Als er sie zur Tür dirigierte, drehte Wallace sich noch einmal zu dem Mann mit der Batman-Maske um und sagte:

»Keine Angst – ich schicke einen meiner Jungs vorbei, wenn die Gefahr gebannt ist.«

Vermutlich war der Mann ein gefangener britischer Agent.

Wallace und die Direktorin verließen ihr Hotelzimmer genau in dem Moment, als Boris und die echte Dr. Rose von Krabb aus ihrem kamen. Wie der Zufall es wollte, lagen die Zimmer unmittelbar nebeneinander.

Wallace stürzte sich sofort wieder in sein Skript.

»Geben Sie mir die Gilbert-Embleton-Briefe«, schrie er, »andernfalls stirbt Dr. Rose von Krabb hier und jetzt!«

»Aber ich bin Dr. Rose von Krabb!« sagte Dr. Rose von Krabb.

Wallace war verwirrt.

»Ich dachte, *Sie* wären Dr. Rose von Krabb«, sagte er zu der Direktorin.

»Äh . . . nein«, erwiderte sie mit piepsiger Stimme.

Einen Sekundenbruchteil taxierten sich Wallace und

Boris. Wallace hatte keine Ahnung, was Agenten machten, wenn sie sich unter solchen Umständen begegneten, und nachdem seine brillante Idee, Dr. Rose von Krabb als Geisel zu nehmen, im Keim erstickt worden war, waren ihm die Ideen ausgegangen; und Boris hatte einen solch gesunden Respekt vor Wallace' Fähigkeiten als Geheimagent entwickelt, daß er es nur äußerst ungern im Alleingang mit ihm aufnehmen wollte.

Der Fahrstuhl hinter Wallace öffnete sich, und ein älteres amerikanisches Pärchen trat heraus. Sie waren für einen zehntägigen Sightseeing-Urlaub in London.

»Ach du meine Güte, Elmer! Dieser Mann hat eine Waffe!« kreischte die Lady.

»Entschuldigen Sie uns«, sagte Wallace und hechtete in den Fahrstuhl. Er schleifte die Direktorin hinter sich her.

Boris beschloß, irgend etwas zu unternehmen, und sprang gerade noch rechtzeitig vor, um die Hände zwischen die Fahrstuhltüren zu bekommen, bevor sie sich schlossen. Aber Wallace hatte inzwischen seine Kanone genau auf Boris' Bauch gerichtet.

»Hände weg, Boris, sei ein braver Russkie«, foppte er ihn. »Ich möchte dieses Ding hier nur sehr ungern benutzen.«

Und er schob Boris mit der Mündung der Kanone zurück.

Die Türen schlossen sich.

Wallace drehte sich zu der Dame mit der SS-Mütze um. »Also, wer sind Sie?« fragte er.

Rachel schloß Andrews Büro auf. Es war der einzige Zufluchtsort, der ihr noch einfiel. Sie brauchte nur fünf Minuten, um ihre Gedanken zu sammeln – nur fünf Minuten, um sich hinzusetzen und auszuruhen.

Sie ging zu Andrews Kühlschrank, nahm eine Dose Bier heraus und setzte sich an seinen Schreibtisch.

Dann bemerkte sie das Päckchen.

Während einer der beiden nüchternen Typen in dunkelblauen Pullovern Jim Ritchie aus dem Hotel und zu einem wartenden Auto brachte, raunte der andere dem ranghöchsten Polizeibeamten ins Ohr.

»Okay«, sagte der Polizist zu der kleinen Menge Schaulustiger, die sich eingefunden hatte. »Es ist vorbei. Auseinander. Sie können alle wieder zurück auf Ihre Zimmer gehen.«

»Aber es waren fünf! Und eine Frau!« protestierte der Empfangschef.

Der Mann im Pullover raunte ins Ohr des Polizisten.

»Man hat beobachtet, daß einige Personen hinten raus entkommen sind«, sagte der Polizist. »Wir gehen davon aus, daß wahrscheinlich alle das Hotel verlassen haben, Sir, also beruhigen Sie sich bitte wieder. Wir haben die Sache im Griff!«

Als der Fahrstuhl das Erdgeschoß erreichte, hatte Wallace jedes Interesse an der Direktorin verloren. Ihre Gestalt war so langweilig. Und er konnte auch keinen Sinn darin sehen, sie weiter als Geisel zu halten, wenn sie nicht für die Sowjets arbeitete. Also trat er einfach aus dem Fahrstuhl in die Hotelhalle und ließ sie dort stehen.

In dem Versuch, den weitreichenden Konsequenzen zu entgehen, die unweigerlich folgen würden, wenn sie in Unterwäsche und SS-Mütze in der Öffentlichkeit gesehen wurde, stürzte sich die Direktorin sofort auf den *Tür-schließen*-Knopf. Doch die Türen gingen nicht schnell genug zu, um einen vorwitzigen jungen Araber, von Kopf bis Fuß in schwarzes Leder und teuren Schmuck gekleidet, daran zu hindern, noch im letzten Augenblick hineinzuspringen und mit ihr nach oben zu fahren.

Unter dem dick aufgetragenen Huren-Make-up bekam die Direktorin sofort einen knallroten Kopf und betete, daß der Fahrstuhl nicht zu lange brauchte.

Zwischen der vierten und fünften Etage lehnte sich der Junge lässig zurück, so daß sein Ellbogen gegen den Stop-Schalter stieß.

»Oje!« rief er mit weltmännisch kultivierter Stimme aus. »Wir scheinen festzustecken!«

Wallace hatte unterdessen mitbekommen, wie sein Bruder durch die Drehtür des Hoteleingangs abgeführt wurde. Nachdem er nun nicht mehr auf einem Fenstersims im zehnten Stock stand, hatte er auch die Muße, darüber zu sinnieren, wie äußerst merkwürdig es doch war, daß Jim sich in dem Hotel befand. Die einzige Erklärung, die ihm einfiel, war, daß er das Theater im Leben angerufen und sich noch für diesen späten Abend selbst eine Karte besorgt haben mußte. Was Wallace sehr gut verstehen konnte. Er fragte sich, ob sein Bruder wohl an einer anderen Stelle des gleichen Skriptes mitwirkte wie er oder ob das Theater im Leben einfach nur für alle Aufführungen dasselbe Hotel benutzte. Er überlegte, daß es wohl nur eine Möglichkeit gab, dies herauszufinden, und nahm die Verfolgung auf.

Unterdessen gelangte Boris mit einem anderen Fahrstuhl gerade noch rechtzeitig ins Erdgeschoß, um Wallace durch den Haupteingang verschwinden zu sehen. Er rannte ihm sofort quer durch die Hotelhalle hinterher.

Genau in diesem Augenblick jedoch tauchte Andrew Chilton durch die Drehtür des Hotels auf. Er sah Boris und flüchtete sofort wieder hinaus auf die Straße. Er war fest davon überzeugt, daß das KGB ihn ermorden wollte, und seit er herausgefunden hatte, daß Boris ein Spion war, hatte er sich nicht mehr so recht in der Lage gesehen, ihm noch zu vertrauen.

Boris rannte auf die Straße. Rechts von ihm winkte Wallace aufgeregt ein Taxi herbei und erklärte dem Fahrer, er solle dem Wagen des MI5 folgen, in dem sein Bruder Jim saß. Links von ihm spurtete Andrew fort.

Ein kritischer Augenblick für Boris. Mehr als je zuvor empfand er die Notwendigkeit, sich für die eine oder andere Richtung entscheiden zu müssen. Sollte er einen letzten Versuch unternehmen, seine Karriere zu retten, indem er nach rechts lief, oder sollte er, indem er nach links lief, das Risiko eines Lebens eingehen, in dem nichts mehr so sein würde, wie es einmal war?

Dr. Rose von Krabb tauchte hinter ihm auf und berührte leicht seinen Arm. Für sie war Boris nur ein kleiner Junge, und sie konnte es nicht ertragen mitanzusehen, wie er die Gelegenheit, glücklich zu werden, für etwas so Kaltes und Langweiliges wie eine Karriere vergeudete.

»Der Junge«, flüsterte sie sanft in sein Ohr. »Scheiß auf die Karriere. Lauf dem Jungen nach.«

KAPITEL NEUNZEHN

»Hat irgendwer 'ne Mücke gemacht?« fragte der Taxifahrer, als sie vom Regency Hotel losfuhren.

Wallace war sich nicht ganz klar, ob er bei seiner Rolle bleiben sollte oder nicht. Vermutlich war der Taxifahrer nicht vom Theater des Lebens engagiert worden. Er gehörte einfach zur Kulisse.

»Ich fürchte, das alles ist streng geheim«, sagte er schließlich. Das schien ihm ein guter Kompromiß zu sein: Er blieb bei seiner Rolle, was aber hoffentlich keine weiteren Konsequenzen hatte.

»Keine Sorge, ich verrat nichts!« meinte der Taxifahrer. Er war ein echter Patriot und daher von der Vorstellung begeistert, womöglich den besten Jungs seines Landes bei einer ungeheuer bedeutenden Angelegenheit der nationalen Sicherheit zu helfen.

Wallace glaubte, daß die Russkies seinen Bruder gekidnappt hatten. Er hatte die Sache allerdings nicht wirklich durchdacht; er meinte einfach nur, daß, wenn etwas Böses verübt wurde, nach den Regeln der Dramaturgie die Russkies einfach dahinter stecken mußten. Er erwartete, daß das Hauptquartier des sowjetischen Spionagerings in London (wohin sie Jim jetzt brachten, wie er vermutete) ein unauffälliger und wenig bemerkenswerter Ort sein würde. Daher war er überrascht, als der Wagen vor einem prachtvollen Gebäude hielt, das doch eher in die Kategorie Botschaft fiel.

Er sah auf die Uhr. Die Vorstellung, so überschlug er, dürfte etwa innerhalb der nächsten zwanzig Minuten zu

Ende gehen. Und das hier war der Schauplatz für das große Finale! Tja, die verstanden auf jeden Fall was von Handlungsaufbau!

Jetzt war klar, daß er einen auf James Bond machen würde! Er würde durch die prächtig möblierten Wohnungen der KGB-Zentrale stürmen! Sich hinter roten Samtvorhängen verstecken! Lautlos durch Verandatüren auf romantisch mondbeschienene Balkone schlüpfen! Den Plot rasant zu seinem fulminanten und furiosen Schluß führen! Ihm schwirrte geradezu der Kopf vor lauter Dialogideen.

Er bezahlte den Taxifahrer, legte ein fürstliches Trinkgeld drauf, wobei er völlig vergaß, daß er Geld des Theaters im Leben benutzte, und begutachtete das Gebäude. Er beschloß, sich durch den Garten hineinzuschleichen, ein Spalier bis zum nächstbesten romantisch mondbeschienenen Balkon hochzuklettern und sein Glück mit der nächstbesten Verandatür zu versuchen. Den weiteren Handlungsverlauf würde er den Leutchen vom Theater überlassen.

Er nahm sich noch die Zeit, seine schwarze Krawatte geradezurücken und sich einmal schnell durch sein kurzes, lockiges Haar zu streichen.

Er war bereit für seinen großen Auftritt!

»Entschuldige, Genosse«, sagte die Nummer Zwei des sowjetischen Spionagerings in London zu seinem Boß. »Ich habe Dr. Rose von Krabb in der Leitung. Sie sagt, Boris sei übergelaufen. Und sie sagt, sie kann's ihm nicht verübeln, äh, Genosse . . .«

»Was?« tobte der Chef des Spionagerings und schnappte sich den Hörer. »Das ist ja unerhört! Dr. von Krabb? Was soll das alles heißen?«

»Es ist Ihre eigene Schuld«, sagte Dr. Rose von Krabb am anderen Ende der Leitung. »Sie sind viel zu hart gegenüber Ihren Männern. Mit Ihren Drohungen und Tobsuchtsanfällen erschrecken Sie sie zu Tode.«

»Ich –«, setzte er an.

»Nein, jetzt hören Sie zur Abwechslung mal mir zu«, fiel von Krabb ihm ins Wort. »Boris hat die Briefe von Gilbert Embleton verloren –«

»Er hat sie *verloren*?« tobte der Chef des Spionagerings. »Dieser unfähige Blödmann! Ich werde –«

»Wenn Sie so reagieren, sind Sie da allen Ernstes noch überrascht, daß er übergelaufen ist?« unterbrach ihn die Ärztin. »Er konnte Ihnen nicht unter die Augen treten. Er hatte Angst. Er hat wahrscheinlich geglaubt, Sie würden ihn in Beton begraben oder so etwas. Und jetzt haben Sie Ihren besten Agenten verloren. Und es ist allein *Ihre Schuld!*«

Der Chef des Spionagerings raufte sich die Haare. Es war ein anstrengender Tag gewesen, und Dr. Rose von Krabb mit ihrem telefonischen Vortrag über Personalführung hatte ihm gerade noch gefehlt.

»Entschuldige, Genosse«, sagte sein zweiter Mann. »Ich habe den MI5 auf Leitung zwei. Die sagen, sie halten 500.000 Pfund in bar bereit. Sie wollen wissen, ob wir die Briefe noch heute nacht verkaufen?«

»Wie sollen wir sie verkaufen, wenn wir sie nicht haben?« fauchte der Chef des Spionagerings.

»Er scheint wild entschlossen zu sein, nicht zu reden«, informierte einer der Männer in den dunkelblauen Pullovern den Chef des britischen Secret Service über eine Hausleitung.

Jim Ritchie saß da und beobachtete ihn, er wünschte sich, die Antworten zu kennen, die er geben sollte.

»Nun denn«, sagte der Chef des Secret Service ins Telefon. »Dann werden Sie wohl Schwester Fraser rufen müssen.«

»Schwester Fraser?« wiederholte der Mann. Schon allein der Name schien ihn in panischen Schrecken zu versetzen. »Sind Sie sicher, daß das erforderlich ist, Sir?«

»Welche andere Wahl haben wir denn?« fragte der Chef.

»Also gut, Sir«, sagte der Mann und legte den Hörer auf. Dann drehte er sich zu seinem Partner um. »Er sagt, wir sollen Schwester Fraser kommen lassen«, sagte er mit heiserer Stimme.

Rachel wählte eine Nummer.

»Ich möchte bitte den Chef des MI5 sprechen«, sagte sie. Nachdem sie der Person am anderen Ende ausreichend Gelegenheit gegeben hatte, die unvermeidlichen Einwände zum Ausdruck zu bringen, fügte sie hinzu:

»Ja, ich bin mir bewußt, daß er ein vielbeschäftigter Mann ist... Nein, jemand anderer genügt nicht... Sagen Sie ihm, es ist Rachel Jones.«

In der Eingangshalle des Regency Hotels stand man in Gruppen herum und zeigte auf die kleinen Digitalanzeigen, auf denen abzulesen war, in welchem Stock sich ein Fahrstuhl gerade befand. Warum war einer jetzt schon so lange zwischen zwei Etagen steckengeblieben? Das kam äußerst ungelegen.

»Du hast nie auf irgendeiner Abschußliste gestanden, und außerdem bin ich auch nicht mehr beim KGB!« brüllte Boris Andrew mitten auf dem Piccadilly hinterher.

Eine kleine Menschenmenge hatte sich versammelt, um die sensationelle Szene zu belauschen, die mitten auf der Straße gespielt wurde.

»Ach, ja?« schrie Andrew aus einer Entfernung von vielleicht zwanzig Metern. Er ließ Boris nicht näher herankommen. »Seit wann?«

»Seit zehn Minuten!« brüllte Boris und machte einige Schritte auf ihn zu.

»Das glaubst du ja selber nicht!« schrie Andrew und wich einige Schritte zurück.

»Es ist aber die Wahrheit! Warum glaubst du mir nicht?« rief Boris.

»Weil wir sechs Monate miteinander geschlafen haben und ich nicht wußte, daß du ein Sowjetspion bist, deswegen!« brüllte Andrew.

»Hast du das gehört?« sagte ein gepflegter junger Theaterbesucher zutiefst schockiert zu seiner Frau.

»Ach, das ist wahrscheinlich nur so ein Straßentheater«, meinte seine Frau. »Du weißt ja selbst, wie diese jungen Schauspieler sind! Alles bloß, um auf sich aufmerksam zu machen. Und jetzt beeil dich bitte, sonst verpassen wir noch unsere Bahn!«

»Sagen Sie ihm einfach, es ist Rachel Jones!« sagte Rachel ins Telefon. »Ja, er weiß, wer ich bin, und ja, es ist wichtig!«

»Na schön, Sie lassen uns keine andere Wahl«, sagte der Mann zu Jim Ritchie.

Er ging zur Tür und wandte sich an eine Krankenschwester mit ledrigem Gesicht, die hinter einem Schreibtisch saß und in einer schwarzen Aktentasche Spritzen und Fläschchen mit Flüssigkeiten sortierte.

»Schwester Fraser«, sagte er. »Wir wären dann bereit für Sie.«

Der Chef des britischen Secret Service und sein zweiter Mann tranken gerade eine Tasse Kaffee, als Wallace durch eine Verandatür hereinstürzte und seine Kanone schwang.

»Okay, Russkies!« schrie er. »Keine Bewegung, Freundchen!«

KAPITEL ZWANZIG

Der Chef des britischen Secret Service und sein zweiter Mann waren zu verdattert, um auch nur eine Silbe herauszubekommen. Es war das erste Mal in ihrem Leben, das sie »Russkies« genannt wurden. Es wirkte so verblüffend unpassend! Der Chef machte eine kleine Bewegung, um einen versteckten Alarmknopf auf seinem Schreibtisch zu betätigen, doch Wallace war ihm einen Schritt voraus.

»Nicht so schnell!« schrie er und fuchtelte dem alten Gentleman wie verrückt mit seiner Kanone vor der Nase herum. »Die Hände über den Kopf – beide! Habt wohl gedacht, ihr könntet hier ein komisches kleines Knöpfchen drücken und mir durch die Füße einen Stromschlag verpassen, was? Genau so einen schmutzigen Trick würde ich bei euch nichtsnutzigen Kommies erwarten! Hah! Keiner verläßt den Raum, bis wir die Sache geklärt haben!« Und er drehte den Schlüssel im Türschloß um, zog ihn ab und steckte ihn ein.

Erst da bemerkte er ein signiertes Porträt Ihrer Majestät der Queen an der Wand. Mensch, tatsächlich, das war aber mal ein merkwürdiges Versehen des Inspizienten! Dazu kam dann noch, daß die beiden Gentlemen, mit denen er redete, eigentlich überhaupt nicht wie Russen aussahen. Ihre Kleidung sah nach Saville Row und exklusiver Privatschule aus, und obendrein hatten sie verknöcherte englische Kauzgesichter! Wallace fixierte sie scharf.

»Moment mal!« sagte er und dachte angestrengt nach. »Wer seid ihr Typen?«

»Mein Name ist Sir John Daggenhurst, und ich bin der

Chef des MI5«, sagte Sir John. »Darf ich fragen, mit wem ich spreche?«

»Tjaaa . . .«, machte Wallace und dachte immer noch scharf nach. »Ich dachte, ich wäre Spenser, aber Boris hat mir gesagt, ich bin's nicht. Oder doch?«

Sir John und seinem zweiten Mann rutschte das Herz in die Hose, als sie diesen Schwall hörten. Die fürchterliche Möglichkeit, daß es sich bei diesem Mann um einen totalen Psychopathen handelte, zeichnete sich in düsteren Farben ab.

»Wären Sie denn gern Spenser?« hakte Sir John behutsam nach. Er hielt es für klug, so schnell wie möglich zum Kern des Problems dieses Mannes zu kommen.

War das eine Fangfrage? dachte Wallace.

»Äh . . . ja«, gestand er. »Aber ich bin es nicht . . . oder doch?«

»Nein. Sie sind es nicht«, sagte Sir John mit fester, nichtsdestoweniger freundlicher Stimme. »Und warum sind Sie hergekommen?«

»Um meinen Bruder zu retten!« schrie Wallace. Einen Augenblick später verfluchte er sich. Tatsächlich hatte er »Bruder« gesagt! »Ich meine – meinen Partner«, korrigierte er sich schnell. »Ich weiß, daß Sie ihn hier irgendwo festhalten! Wo ist er?«

»Ich fürchte, ich weiß nicht, von wem Sie da reden«, sagte Sir John. »Arbeiten Sie für eine Organisation oder sind Sie . . . unabhängig?« bohrte er nach.

An diesem Punkt machte Wallace ein kleines Geständnis, verließ einen Moment seine Rolle und sagte mit einem vertraulichen kleinen Lächeln: »Eigentlich hatte ich gehofft, daß Sie mir das sagen könnten.«

Sir John und sein zweiter Mann sahen sich an. Was für eine seltsame Farce war denn das? Welch gewundene Ironie? Worauf wollte dieser Mann hinaus? Auf irgendein dunkles Geheimnis in ihrer Vergangenheit, das sie längst mehr oder weniger vergessen hatten?

»Haben Sie Spenser umgebracht?« bohrte Sir John weiter.

Wallace war nicht sicher.

»Welcher war denn Spenser?« fragte er.

»Spenser wurde am frühen Abend des heutigen Tages in einem Zimmer im ersten Stock des Hauses Addison Gardens 52 ermordet. Sie waren dort. Ich habe mit Ihnen über Funk gesprochen, nicht wahr?« sagte Sir John.

»Ach, *das* war Spenser!« sagte Wallace. Aber er tappte immer noch im dunkeln. Hatte er ihn umgebracht? Er war bislang davon ausgegangen, daß die Leiche dort gewesen war, damit er ihn entweder *umgebracht* oder *nicht umgebracht* haben könnte, ganz nach seinem Gusto. Jetzt verlangten sie eine Entscheidung. Na schön! Er fand, daß es erheblich aufregender klang, wenn er sagte, er habe ihn getötet.

»Ja«, sagte er gedehnt. »Ich hab ihn umgelegt.«

»Warum?« fragte Sir John.

Kitzlige Frage! Damit hatte er nicht gerechnet.

»Äh . . . Spielschulden«, sagte Wallace. Es war das erste, was ihm in den Kopf kam.

»Spielschulden?« wiederholte Sir John. Er war perplex.

»Ja«, sagte Wallace und kam langsam in Fahrt. »Spenser und ich waren zwölf Jahre ein Paar. Dann wurde Spenser abhängig von Poppers. Als er dann seine immer stärker werdende Poppers-Abhängigkeit nicht mehr finanzieren konnte, fing er mit Zocken an. Ich habe ihn erschossen, weil ich ihn mit versteckten Karten im Ärmel erwischt habe.«

Die beiden MI5-Chefs waren sprachlos.

Wallace dachte fieberhaft nach. Seine neue Rolle entwickelte sich wie von selbst direkt vor seiner Nase! Sie führte ein Eigenleben! Je mehr er redete, desto mehr wuchs sie – wie ein sonderbares Fabelwesen mit mehreren Köpfen. Wurde er damit fertig? Konnte er ihm *widerstehen*?

»Vielleicht sollte ich es Ihnen erklären«, fuhr er fort. *(Versucht doch, mich dran zu hindern! dachte er.)* »Ich bin ein bisexueller, millionenschwerer Ölmagnat aus Texas. Ich habe meiner Ausbildung hier in Ihrem Oxford den letzten Schliff gegeben, und, äh, so habe ich dann auch mein schleppendes Texanisch verloren. Außerdem besitze ich eine Diamantmine in Südafrika und eine Fußballmannschaft in East London.«

An diesem Punkt legte Wallace eine Kunstpause ein, um theatralisch auf und ab zu gehen und den nächsten Teil seines Monologs zu komponieren.

»In meiner Diamantmine in Südafrika«, fuhr er fort, »habe ich vor kurzem riesige Mengen eines, äh ... eines neuen ... äh ... *Elements* ... mit einem ... äh ... einem *langen Namen* entdeckt, das ... das, äh ... die atomare Kriegsführung revolutionieren wird! Völlig. Es wird die nukleare Kriegsführung ... *vollkommen auf den Kopf stellen!*«

Er unterbrach sich wieder. Sir John und sein Kollege waren inzwischen kreidebleich geworden.

»Und seit meiner Entdeckung«, sagte Wallace, »seit meiner Entdeckung wimmelt es da unten nur so von Spionen – Russen und Briten. Und ich habe die Schnauze voll! Der Mann, den Sie heute abend im Regency Hotel gefangengenommen haben, ist, äh, mein bester Mittelstürmer, und ich will ihn wiederhaben!«

Wallace unterbrach sich, um Luft zu holen. Er hatte sich selbst überrascht.

Die Gesichter von Sir John und dem zweiten Mann jedoch waren nun zu angsterfüllten Masken erstarrt. Sie waren beide felsenfest davon überzeugt, daß Wallace'

Verstand im wahrsten Sinne des Wortes ohne jeden Sinn und Verstand funktionierte und sie von daher verloren waren.

Das Telefon klingelte.

»Gehen Sie ran«, sagte Wallace. »Aber versuchen Sie keine krummen Touren, andernfalls pumpe ich eure häßlichen Ärsche voll Blei!«

Der Chef gehorchte.

»Sir John?« fragte seine Privatsekretärin am anderen Ende der Leitung. »Ich habe Rachel Jones in der Leitung.«

»Rachel Jones?« sagte er. »Ich dachte, die wäre –« Dann sah er Wallace an, und ihm kam der Gedanke, daß es wahrscheinlich eine ganze Menge gab, worüber er im Verlauf des Abends falsch informiert worden war. »Stellen Sie sie durch«, sagte er müde.

»He! Das übernehme ich!« sagte Wallace und riß ihm den Hörer aus der Hand. Rachel in der Leitung! Das war ja vielleicht ein Ding!

»He, Rachel! Wie geht's Ihnen?« sagte er lachend und dachte erst in letzter Sekunde daran, seine Kanone auf die beiden komischen alten Käuze gerichtet zu halten.

»Spenser?« fragte Rachel. Sie hatte nicht erwartet, ihn bei seinen alten Arbeitgebern zu finden. War er immer noch auf ihrer Seite?

»Tja, eigentlich bin ich ja nicht mehr Spenser«, gestand Wallace. »Ich bin ein Ölmagnat. Aber wir können doch immer noch Freunde sein, oder?«

Rachel konnte sich ein Lachen nicht verkneifen. Man konnte nie wissen, was sich dieser Typ als nächstes ausdachte.

»Natürlich können wir das«, sagte sie. »Hören Sie zu, sagen Sie Ihren MI5-Bossen, daß ich die Briefe habe, die Gilbert mir geschickt hat...«

»Haben Sie?« sagte Wallace. »Ist ja spitzenklasse!«

»Ja, ich habe sie, und falls mir irgend etwas zustößt, habe ich dafür gesorgt, daß die Briefe veröffentlicht werden. Sagen Sie denen das einfach ...«

Wallace wandte sich an Sir John.

»Sie sagt, sie hat die Briefe, die Gilbert ihr geschickt hat, und falls ihr irgendwas zustoßen sollte, hat sie dafür gesorgt, daß sie veröffentlicht werden.«

Dann hielt er den Hörer wieder ans Ohr.

»Wissen Sie, wir sollten das öfters machen«, sagte er. »Es hat eine Menge Spaß gemacht.«

»Tja«, meinte sie, »Sie haben ja meinen Namen und meine Adresse ... Schlagen Sie meine Nummer im Telefonbuch nach!«

Wallace fühlte sich innerlich butterweich. Wenn es doch nur echt wäre!

»Aaach ...«, seufzte er, »ich wünschte, ich würde Ihren *richtigen* Namen kennen ... und Ihre *richtige* Adresse ...«

»Das ist mein richtiger Name und meine richtige Adresse!« sagte sie einfach.

Wallace war platt.

»Sie meinen, alles, was wir heute abend gemacht haben ... Wir haben Ihr eigenes Haus benutzt?«

»Ja, natürlich!« sagte sie.

Wallace war einen Moment still, in seinem Kopf surrten und klickten die Rädchen. Die Schauspieler benutzten ihre *eigenen Häuser und Wohnungen?*... Aber andererseits, irgendwem mußten die Häuser und Wohnungen ja schließlich gehören, oder?

»Oh, schön, ich, äh, muß jetzt Schluß machen«, sagte er. »Muß die Show zum Abschluß bringen. Vielleicht rufe ich Sie an. Vielleicht könnten wir mal zusammen ... ein paar Bälle einlochen.« Er biß sich auf die Unterlippe. War er jetzt zu weit gegangen?

Sie lachte wieder.

»Okay, Spenser«, sagte sie. »Bye...«

»Okay, bye...«

»He! Hängen Sie nicht auf –!«

»Was?«

»Mir ist gerade wieder eingefallen – ich hab ja immer noch Ihr Auto?«

»Ach ja, Sie haben das?«

»Ich bring's vorbei. Geben Sie mir zehn Minuten.«

Wallace grinste von einem Ohr zum anderen. Eine Schlußszene im Wagen! »Toll!« platzte er heraus. »Wir sehen uns dann.« Zappelig legte er den Hörer wieder auf.

Dann wandte er sich wieder an Sir John.

»So«, sagte er. »Und was ist jetzt mit meinem Mittelstürmer?«

»Ihrem was?« fragte Sir John.

»Der Mann, den Sie heute abend aus dem Regency Hotel gekidnappt haben!« sagte Wallace. »Ich weiß, daß Sie ihn hier irgendwo festhalten!«

»Oh, ich verstehe!« sagte Sir John. »*Das* ist Ihr, äh, Mittelstürmer! Ich werde, äh, meinen Leuten sagen, äh, daß sie ihn freilassen sollen.«

»Und keine faulen Tricks am Telefon, wenn ich bitten darf«, erinnerte Wallace ihn. »Ich kenne euch MI5-Burschen. Immer redet ihr verschlüsselt.«

»Ganz recht«, sagte Sir John. In Wahrheit brannte er ziemlich darauf, die ganze Geschichte ein für allemal hinter sich zu bringen. Es war ihm völlig gleichgültig, wer Wallace war. Sie hatten die Briefe ganz offensichtlich verloren, und wenn Rachel Jones bereit war zu schweigen, konnten sie genausogut den Schleier des Vergessens über die ganze Angelegenheit breiten.

Er rief in dem Raum an, wo Wallace' Bruder festgehalten wurde.

Schwester Fraser war drauf und dran, eine Droge in Jims Arm zu injizieren, die seinen Körper mit grauenhaften Krämpfen quälen würde, als die Nachricht durchkam, daß der Gefangene sofort auf freien Fuß zu setzen war.

Es war einfach nicht ihr Tag.

Die Privatsekretärin klopfte höflich an die Bürotür des Chefs des Secret Service.

Der Chef sah Wallace an.

»Fragen Sie, wer da ist«, befahl er und ging zur Tür.

»Wer ist da?« fragte Sir John.

»Goldstein, Sir«, sagte die Sekretärin. »Ich habe das Geld, nach dem Sie verlangt haben.«

Wallace nickte und schloß die Tür auf.

»Kommen Sie herein«, sagte Sir John.

Die Sekretärin schnappte nach Luft, als sie begriff, was sich dort abspielte.

»Da drüben hin, bitte«, sagte Wallace und schloß die Tür wieder ab. »Sie müssen die Sekretärin sein. Bezaubernd. Und das dürfte dann wohl mein Honorar sein.«

»Ihr was?« fragte Sir John.

»Legen Sie die Tasche auf den Schreibtisch«, befahl Wallace.

»Tun Sie, was er verlangt«, sagte die Nummer Zwei nervös.

Wallace öffnete die Aktentasche und betrachtete die Banknoten.

»Sieht ungefähr nach dem richtigen Betrag aus«, sagte er.

»Das sind *500.000 Pfund!*« zeterte Sir John. »Und falls Sie denken, die seien für Sie, dann irren Sie sich aber gewaltig!«

»500.000 Pfund, ja?« witzelte Wallace. »Eine mehr als angemessene Bezahlung für meine Dienste!«

»Ihre Dienste?« platzte Sir John heraus. Mitansehen zu müssen, wie dieser Irre mit 500.000 Pfund abhaute, würde mehr sein, als er ertragen konnte.

»Sir John ...«, raunte die Nummer Zwei beschwichtigend. Er machte sich Sorgen, daß Wallace womöglich plötzlich schießwütig werden könnte.

»Ja, ganz recht, meine Dienste!« sagte Wallace vergnügt. »Ich bin ja vielleicht nicht Spenser, aber ich habe mir heute abend für Sie förmlich den Arsch aufgerissen. Ich habe nach Ihrer Pfeife getanzt und bin kreuz und quer durch London gefahren, nervtötende Russkies haben auf mich geschossen und ... außerdem noch eine ganze Menge andere Dinge. Und Sie können ja wohl nicht behaupten, daß die ganze leidige Geschichte nicht hübsch unter Dach und Fach gebracht worden ist.«

»Aber –«, protestierte Sir John.

»Kein aber!« schrie Wallace. »Für was halten Sie mich eigentlich? Für billig?«

Diesen Satz hatte er schon die ganze Aufführung anbringen wollen – es war sein absoluter Lieblingssatz –, und jetzt hatte er es getan! Er spürte, daß es wirklich kaum noch etwas für ihn zu tun gab. Es war ein wunderbares Geburtstagsgeschenk gewesen. Er würde sich jetzt noch stilvoll eine Zigarette anzünden und dann so verstohlen durch die Verandatür verschwinden, wie er gekommen war. Sein Arsch war Geschichte, lange bevor sie den Alarm auslösen konnten!

Er nahm eine Zigarette aus der Packung, steckte sie sich in den Mund und kramte dann in seiner Tasche nach einem Feuerzeug. Was für ein wunderbarer Glücksfall! Er besaß ja immer noch das Feuerzeug, das er zusammen mit dem Funkzigarettenetui auf Rachels Bett gefunden hatte!

Genau in dem Augenblick, als er den Daumen auf das Reibrad legte, warf die Nummer Zwei des britischen

Secret Service einen kurzen Blick auf das Feuerzeug, runzelte die Stirn und schrie.

»Machen Sie das Feuerzeug nicht an!«

Aber Wallace hatte es bereits getan.

Dichter, weißer Rauch schoß in einem Schwall aus der Düse.

Wallace schrie überrascht auf und warf das Feuerzeug mitten auf den Teppich. Sie wurden vergast! Was für ein reizender kleiner Einfall! Wo er doch gerade gedacht hatte, der Nervenkitzel wäre vorbei!

Er schnappte sich die Aktentasche, stürmte durch die Verandatür und zog sie fest hinter sich zu. Als der Chef des Secret Service begriff, daß sie eingesperrt waren, rannte er zum Fenster und versuchte, es aufzudrücken. Aber Wallace hielt es von außen fest zu, quälte und verspottete den komischen alten Kauz durch die Scheibe, bis er komplett von den Dämpfen überwältigt worden war und bewußtlos auf dem Boden lag.

Es dauerte eine ganze Weile, bis jemand bemerkte, was passiert war, und zu diesem Zeitpunkt war Wallace' Arsch, genau wie er es sich gedacht hatte, längst Geschichte.

KAPITEL EINUNDZWANZIG

»Darf ich reinkommen?« sagte Boris zu Andrew, als sie vor dem Haus Addison Gardens 52 standen. »Wenn ich in meine Wohnung gehe, werden die mich anrufen, und heute nacht ist das einfach zuviel für mich.«

Andrew dachte darüber nach. Es ist immer noch möglich, dachte er, daß Boris am Ende doch log und ihn umbrachte, sobald sie im Haus waren. Doch dann dachte er, zum Teufel auch. Wenn er's tut, schön – was für eine wundervolle Art zu sterben!

Ein paar Minuten später ging das Licht aus, und ein in Rußland hergestelltes Funkgerät wurde aus einem Fenster im ersten Stock geworfen und landete in einer offenen Mülltonne.

Ein zufällig vorbeikommender Penner, der das mitbekommen hatte, ging zu der Mülltonne und fischte es heraus. Das konnte er todsicher noch mal gut gebrauchen.

Als Wallace auf die Straße trat, wartete Rachel bereits mit laufendem Motor in seinem Wagen und sah einfach göttlich aus.

»Was haben Sie denn da in der Aktentasche?« fragte sie und zog eine hübsche Augenbraue hoch.

»Eine halbe Million Pfund in gebrauchten Scheinen«, sagte Wallace. »Soll ich fahren?«

Rachel blickte ihn kurz aus den Augenwinkeln an und versuchte, sich nicht anmerken zu lassen, wie tief beeindruckt sie war. »Was immer Sie sagen, Partner.«

Sie fuhren zu ihrer Wohnung. »Wie kann ich Ihnen nur

für alles danken, was Sie getan haben?« schnurrte sie und sah mit diesen großen braunen Augen zu ihm auf. »Ich meine ... Sie haben mir das Leben gerettet ... so was ... wirkt sich auf die Gefühle aus, die man für jemanden empfindet ...«

Wallace bekam einen puterroten Kopf. Offensichtlich hatte sie vor, immer noch ihrer Rolle treu zu bleiben. »Ach ... ja ... Sie könnten mich vielleicht in Ihren Memoiren erwähnen ...«, stammelte er.

»Sie sehen müde aus. Möchten Sie nicht noch auf einen Kaffee mit reinkommen?«

»Also, eigentlich ... ich ... ich trinke keinen Kaffee«, vertraute Wallace ihr an.

»Oh.«

»Meine, äh ... Homöopathin verbietet es mir ...« Scheiße! Seine Fähigkeit zur Improvisation ließ ihn schließlich im Stich. Tja, es war ein langer Abend gewesen.

»Gehe ich recht in der Annahme, daß zu Hause noch jemand auf Sie wartet?« fragte Rachel mit einem Hauch Enttäuschung in der Stimme.

Wallace schwieg einen Moment. Klang da Enttäuschung mit oder nicht? »Ach, ja ... Sie wissen ja, wie wir Geheimagenten so sind ...«, nuschelte er. »Eine in jedem Hafen ...«

Sie sah ihn forschend an. »Vielleicht haben Sie recht. Vielleicht ist ein Kaffee wirklich keine so gute Idee.«

»Oh, ich glaube, wirklich nicht«, sagte Wallace. »Nach allem, was man so hört, ist Kaffee extrem toxisch. Ich habe darüber einen Artikel im *Men's Fitness* gelesen.«

Sie senkte den Blick, offenbar war sie tief in Gedanken versunken. Dann beugte sie sich zu ihm rüber und küßte ihn leicht auf die Wange. »Danke ... für alles ... wer immer Sie sind.«

Wallace errötete wieder. »Nicht der Rede wert. Gehört zu meinem Job.«

KAPITEL ZWEIUNDZWANZIG

Auf dem Nachhauseweg ging Wallace mitten auf der Westminster Bridge das Benzin aus. Er fluchte. Es war weniger die Unannehmlichkeit als solche; viel mehr beunruhigte ihn der Gedanke, daß es schlecht für die Maschine war. Wenn man den Benzintank leer fährt, geraten alle Ablagerungen vom Tankboden in den Motor. Alles nur die Schuld des Theaters im Leben. Ja, er hatte seinen Spaß gehabt, aber er *haßte* es einfach, wenn ihm das Benzin ausging. Schon allein der Gedanke an all diese entsetzlichen Ablagerungen . . .!

Er holte den Reservekanister aus dem Kofferraum und fragte sich, wie weit es wohl bis zur nächsten Tankstelle war. Er wollte schon losgehen, blieb dann aber stehen. *Was ist mit dem Autoradio?* Ihm war schon so oft das Autoradio gestohlen worden, daß er sich schließlich ein herausnehmbares Modell angeschafft hatte, das er normalerweise immer mitnahm, sobald er den Wagen verließ. Tja, er würde es ganz sicher nicht hier mitten auf der Westminster zurücklassen!

Er zog das Autoradio aus dem Einbauschacht im Armaturenbrett. Und als er das tat, fiel sein Blick auf seine umfangreiche Sammlung von Siouxsie-and-the-Banshees-Kassetten. Er hielt inne. Der Gedanke, daß irgendeinem zufällig vorbeikommenden Dieb diese Schätze in die Finger fielen, war mehr, als er ertragen könnte – das wäre wie eine Vergewaltigung gewesen. Also nahm er die Kassetten aus dem Handschuhfach und stopfte sie sich in die Taschen.

Aber das brachte nichts. Es waren einfach zu viele. Das Autoradio, die Kassetten ... er wurde langsam ausgesprochen sauer. Wenn er doch nur eine Aktentasche hätte oder so was ...!

Dann erinnerte er sich wieder. Was war er doch für ein Dummkopf ...! Die Lösung sprang ihm ja förmlich ins Gesicht! Er griff hinter die Wagensitze und zog die Aktentasche des Theaters-im-Leben heraus.

Er ging zur Brüstung hinüber, öffnete die Aktentasche und warf das Theater-im-Leben-Spielgeld in die Themse.

Dann legte er sein Autoradio und seine Siouxsie-and-the-Banshees-Kassetten in die Aktentasche, schloß den Wagen sorgfältig ab und machte sich auf die Suche nach einer Tankstelle.

* * * * *

Irvine Welsh
Der Durchblicker

Novelle
Titel der Originalausgabe: *A Smart Cunt*
Aus dem Englischen von Clara Drechsler
und Harald Hellmann
KiWi 453
Deutsche Erstausgabe

Das Leben als Radikalkur: Brian hat den Durchblick, doch wo soll es hingehen? Auf die Freunde kann man zählen; auf die Eltern schon weniger. Man schlägt sich so durch. Aber ein Ausrutscher genügt, und schon steht alles auf der Kippe.

KiWi
Paperbacks
bei Kiepenheuer
& Witsch